7

Ye   25469

LES OASIS.

Dijon,

IMPRIMERIE LOIREAU-FEUCHOT,

40, rue Chabot-Charny, 40.

POÉSIE.

LES OASIS

PAR

J. LANGERON.

DIJON,
LOIREAU-FEUCHOT,
Imprimeur-Éditeur,
40, RUE CHABOT-CHARNY, 40.

PARIS,
HIPPOLYTE SOUVERAIN,
Libraire-Éditeur,
5 bis, RUE DES BEAUX-ARTS, 5 bis.

1845.

A MES VERS.

Allez, mes vers, allez; vous avez une allure
Qui doit vous attirer un bienveillant accueil.
J'ai mis de doux parfums dans votre chevelure,
J'ai mis de la candeur et du feu dans votre œil.

1

Julia n'était point de ces femmes frivoles
Qui brillent par l'éclat de l'or, des diamans.
Sa pudeur, ses seize ans, célestes auréoles,
De cette vierge étaient les plus beaux ornemens.

Jamais elle n'aurait osé de son visage
Profaner la pâleur en le couvrant de fard ;
Innocente et naïve, elle ignorait l'usage
Qui fait qu'on enlaidit la nature par l'art.

Elle évitait les lieux où le bal tourbillonne,
Où la walse lascive en cercle s'arrondit,
Où de l'archet divin le son vous aiguillonne,
Où la misère humaine un moment s'étourdit.

Dans le monde pourtant elle eût pu faire envie.
Elle avait ce qui fait qu'on s'attache à vos pas :
Elle avait, pour cueillir les roses de la vie,
Opulence, jeunesse et beauté, trois appas.

Elle était belle à voir lorsque sa chevelure,
Plus noire que la nuit, couvrait son cou de lait,
Simulant dans son jeu le jeu d'une voilure,
Et que son sein ému doucement ondulait.

Elle était belle à voir, quand sa lèvre enfantine,
S'empourprant tout-à-coup d'un rayon de gaîté,
Brillait comme la fleur où l'abeille butine,
Comme le frais matin d'un riant jour d'été.

Elle était belle à voir, quand sa robe de moire
Emprisonnait son corps dans ses plis gracieux,
Et qu'elle abandonnait, sous sa mantille noire,
Sa taille aérienne aux vents capricieux.

Mais son cœur, insensible aux pompes de la terre,
Savait que leur éclat en un jour se ternit,
Qu'elles sont un mensonge, et que Dieu leur préfère
L'obscurité d'un nom que le pauvre bénit.

Aussi, par les bienfaits dont sa main était pleine
Que de maux ont été consolés, étouffés !
Sous la douce chaleur de sa suave haleine
Que de cœurs refroidis ont été réchauffés !

Elle aussi, cependant, elle avait ses souffrances.
Quoique jeune, elle avait déjà versé des pleurs ;
Elle avait, elle aussi, vu bien des espérances
S'effeuiller sous ses doigts plus vite que des fleurs.

Quelque temps sur la terre elle fut exilée ;
Mais, après qu'elle eut bu dans la coupe de fiel,
Le Seigneur, qui l'aimait, vers lui l'a rappelée,
Et sur l'aile d'un ange elle est montée au ciel.

CONSEIL.

Enfant, quand vous passez près d'un homme qui marche
Chancelant et courbé par les ans comme une arche,
Dont une barbe grise ombrage le menton,
Vous dont le corps est droit, dont le pied est agile,
Saluez le vieillard, édifice fragile
    Qui repose sur un bâton.

Sachez que la vieillesse a droit à votre hommage,
Car elle est ici-bas la plus fidèle image
Que nous puissions avoir de la divinité :
Elle prodigue à qui la recherche et l'accueille
Le pain de la sagesse, et sur ses pas on cueille
      Des fruits pleins de maturité.

Le vieillard vient de loin, et, dans ses longues courses,
Il a désaltéré sa lèvre à bien des sources ;
Bien des soleils féconds sur sa raison ont lui ;
Vous avez la jeunesse ; il a, lui, la prudence ;
Vous êtes indigent, il est dans l'abondance :
      Ne vous détournez pas de lui.

Honorez la vieillesse. Être chargé d'années,
C'est avoir le cœur plein d'espérances fanées ;
C'est avoir bien longtemps souffert et combattu,
Et souvent c'est avoir, sur l'écueil de la vie,
Triomphé vaillamment des haines, de l'envie,
      Sans autre arme que sa vertu.

Sur votre front, où tant de jeunesse rayonne,
Le temps peut-être aussi posera sa couronne ;
Enfant, peut-être aussi vos cheveux blanchiront,
Peut-être de la vie atteindrez-vous le faîte,
Pour redescendre ensuite, en inclinant la tête
      Sur vos genoux qui fléchiront.

Alors, vous aimerez que l'enfance joyeuse
Se presse autour de vous ; et quand sa main pieuse
De doux parfums de fleurs sèmera vos chemins,
On verra votre soir sourire à son aurore
Et demander à Dieu que bien longtemps encore
      Il lui donne des lendemains.

BONAPARTE.

En ce temps-là, le peuple, à grands coups de cognée,
De l'arbre monarchique avait brisé le tronc,
Et dans son sang la France encor toute baignée
De ses calamités portait la marque au front ;
C'était après ces jours de délirante orgie
Où l'on vit nos aïeux, ô sainte Liberté !
L'œil en feu, les bras nus, dans leur mâle énergie,
    Outrager ta virginité.

Au sortir d'une lutte ardente, échevelée,
Où la terre avait bu le plus pur de son sang,
La jeune République, affaiblie, essoufflée,
N'était plus désormais qu'un fantôme impuissant;
Quand un homme, un soldat sacré par la victoire,
Et qui déjà courait à des destins si beaux,
Du pouvoir chancelant aux mains du Directoire
　　Arracha les derniers lambeaux.

Le succès couronna son audace inouïe.
Il ferma le cratère encor chaud et béant;
Et son ombre dès lors sur la foule éblouie
Se projeta semblable à l'ombre d'un géant;
Et peut-être déjà, sur la carte du monde
Déroulant en secret ses immenses projets,
Portait-il sa pensée orageuse et féconde
　　Sur un trône et sur des sujets.

Jeune encore pourtant, mais prudent, mais austère,
Il restitue aux lois l'ordre et l'autorité.

Il commande, et la croix n'est plus couchée à terre :
Il lui rend son antique et sainte majesté.
Et la patrie enfin, haletante, épuisée,
Longtemps assise au bord d'un abîme profond,
Redevient comme un champ qu'une douce rosée
    Rafraîchit et rend plus fécond.

Enfant, il n'avait point sur le sein des duchesses
Reposé quelquefois comme un ange vermeil,
Et l'on n'avait point vu les grandeurs, les richesses
Pleuvoir, comme des fleurs, sur son riant sommeil;
Mais la brise des monts et la brise marine,
Qui mêlent leur orchestre aux chants des matelots,
Avaient, frais éventails, dilaté sa poitrine
    En le berçant au bord des flots.

Mais il avait reçu, sous le ciel de la Corse,
Aux rayons éclatans de son soleil natal,
Une ame dont le temps devait durcir l'écorce
Au point de lui donner la trempe du métal;

Mais il avait reçu l'instinct des grandes choses
Et cette volonté qui sait les enfanter ;
Son génie, aigle altier, ne faisait pas de pauses :
    Il cherchait toujours à monter.

Au milieu d'une épaisse et brûlante fumée
Il avait rencontré, sur l'affût d'un canon,
Le premier échelon de cette renommée
Dont l'aile un jour devait porter si loin son nom ;
Puis il était tombé comme un torrent de lave
Sur l'Italie, immense et glorieux tombeau
Où chaque conquérant s'en va d'un peuple esclave
    Fouiller les flancs, comme un corbeau.

Ce n'était point assez. Comme il manquait encore
A son front couronné des lauriers d'Occident
La palme orientale, il tourna vers l'aurore
Les naseaux enflammés de son cheval ardent,
Et le Nil, sphinx assis aux portes de l'Asie,
Mamelle que suçaient les rois égyptiens,

Le Nil, urne d'où tombe un flot de poésie,
    Lui raconta les jours anciens.

Là, de quatre mille ans il remua la cendre,
Et les quatre mille ans lui battirent des mains,
Le proclamant en chœur aussi grand qu'Alexandre,
Aussi grand que César, le plus grand des Romains.
Kalifes, empereurs, mages, soudans, satrapes,
Le passé tout entier sembla comme ébloui
De cette gloire allant, d'étapes en étapes,
    Vers un avenir inoui.

Alors, tenant le monde au bout de son épée,
Il comprit qu'il pouvait le faire chanceler;
Il crut qu'il n'était pas trop grand pour l'épopée
Que sa puissante main commençait d'y couler.
Debout sur le sommet d'une des pyramides,
Il vit que sur ce monde une étoile avait lui;
Il vit (tant le génie a des regards rapides!)
    Que cette étoile, c'était lui.

Le voyez-vous, celui que la victoire allèche,
Celui qui comptera ses jours par ses combats?
Le roi des bataillons, inévitable flèche,
Le jeune et fier consul, le voyez-vous là-bas?
Il prend à Marengo ses titres de noblesse
Qu'il t'offrira bientôt, ô fille des Césars!
Et l'aigle de l'Autriche, en tombant de faiblesse,
     A salué ses étendards.

Puis encor.... Mais ici la lyre du poète
Sous ses doigts éperdus s'arrête en gémissant;
Muse, pourquoi d'horreur détournes-tu la tête?...
Aurais-tu vu dans l'ombre une tache de sang?
Ah! vous donnez parfois au sage la folie,
Seigneur; mais vos desseins, qui donc peut les scruter?
Quand vous souffrez ainsi qu'à l'or le plomb s'allie,
     Il faut se taire et méditer.

Dans le chaud tourbillon de sa fortune immense,
Oubliant qu'ici-bas tout éclat se ternit,

Il crut qu'impunément la race qui commence
Pouvait porter la main sur celle qui finit ;
Puis, déloyal un jour, dans un sombre mystère
Il fit couler un sang dont il fut inondé,
Et tout bas les échos d'un donjon solitaire
      Redirent le nom de Condé.

Écoutez, écoutez les joyeuses fanfares,
Écoutez les vivat du canon qui rugit !
Dans Paris, où la gloire allume tous ses phares,
Le peuple, immense flot, s'agite et s'élargit ;
C'est le jeune empereur, la victoire faite homme,
Que la religion sacre au milieu d'un camp,
Qui courbe sous la main du pontife de Rome
      Son front où Dieu mit un volcan.

Maintenant il a donc l'orgueilleuse espérance
Que, son œuvre achevée et ses travaux bénis,
Il ira quelque jour, ainsi qu'un roi de France,
Chargé de gloire et d'ans dormir à Saint-Denis !

Il ignorait, hélas! quand ce rêve sublime
Emplissait sa pensée et la faisait vibrer,
Qu'au pied de chaque trône il existe un abîme
          Où la royauté peut sombrer.

Que n'avait-il appris à se vaincre lui-même,
A craindre et réprimer les écarts de l'orgueil?
Il aurait dédaigné l'éclat du diadème...
Mais non, de sa vertu le pouvoir fut l'écueil.
Fils du peuple, il trahit la cause populaire,
Combattit le drapeau qu'il avait déserté,
Et, jetant loin de lui la pourpre consulaire,
          Il étouffa la Liberté.

Il avait sur sa tête entassé les couronnes,
Tant elles lui semblaient légères à porter!
Il voulait sous sa main réunir tous les trônes,
Afin qu'autour du sien ils pussent graviter;
Mais celui devant qui le cèdre est un brin d'herbe,
Et devant qui le sceptre est un jouet d'enfant,

Appesantit enfin son bras sur le superbe
Et brisa son front triomphant.

Malheur! malheur à vous! conquérants de la terre,
Qui de larmes de sang teignez votre chemin!
Vous êtes des fléaux que Dieu, dans sa colère,
Laisse de temps en temps échapper de sa main;
Pourtant on vous admire, ô brillants météores!
Qui ne touchez le sol que pour le consumer,
Ne laissant après vous qu'un bruit de noms sonores,
Que des fers qu'on ne peut limer.

La gloire est son tyran; c'est l'amante jalouse
Qui s'attache à ses pas et le suit en tout lieu;
C'est elle qui l'endort sur son sein d'Andalouse,
Ou donne l'insomnie à sa couche de feu.
C'est par elle qu'il vit et qu'il fait de l'Europe,
Dont il fauche en courant les générations,
Un immense hyppodrome où son cheval galoppe
Sur le ventre des nations.

Quels dômes et quels monts qui n'aient vu ses bannières
Venir sur leurs sommets flotter au gré des vents ?
Quels fleuves dont les bords n'aient senti des ornières
Se creuser sous le poids de ses caissons mouvants,
Quand il lançait un jour ses meutes à la piste
Des peuples et des rois qui fuyaient ahuris,
Et que le lendemain on lui dressait la liste
      Des empires qu'il avait pris ?

Des rives du Jourdain à celles de l'Adige,
Au Kremlin enflammé, sur l'Elbe, sur le Rhin,
Il court, torrent de feu, de prodige en prodige,
Jusqu'à ce Waterloo qui fut un mur d'airain.
Que pouvaient contre lui la valeur et le nombre ?
Que pouvaient contre lui les balles, les boulets ?
Ce fut la trahison qui, s'embusquant dans l'ombre,
      Vint le prendre dans ses filets.

Tel qu'on voit un esquif laissé sur le rivage
Par le flot inconstant qui l'avait apporté,

Tel on le vit un jour sur un rocher sauvage
Oublié par le flot de la prospérité;
Et ce fut un spectacle imposant et sublime
Que de voir sur le front du glorieux forçat
Se poser le malheur, sans que de la victime
      L'ame énergique s'affaissât.

Cet homme dont l'orgueil fait enfler la narine,
Ce profil colossal et ce front soucieux,
C'est le grand empereur; sur sa large poitrine
Il croise ses deux bras, sombre et silencieux.
Au sein des vastes mers, au haut d'un promotoire,
Comme un immense phare il semble être placé;
Il semble commander, du sommet de sa gloire,
      A tous les siècles du passé.

Si de celui qui fit répandre tant de larmes
Les peuples ont encore la mémoire en honneur,
C'est que ce conquérant, si puissant par les armes,
Leur donnait de la gloire à défaut de bonheur;

C'est que, pour faire battre une poitrine d'homme,
Jamais plus beau rayon ne descendit du ciel;
Qu'il fût ange ou démon, toute langue le nomme,
  L'admire et le juge sans fiel.

Albion! Albion! nation satanique!
Quand Thémistocle, un jour, en butte aux coups du sort,
Te dit : « Je viens m'asseoir au foyer britannique, »
Tu lui tendis la main pour lui donner la mort.
Oubliant ce qu'on doit de respect au génie,
Tu le clouas vivant sur un lointain écueil;
Tu lui fis acheter par six ans d'agonie
  L'hospitalité du cercueil.

Ton île, que la mer forma de son écume,
Atelier où tes mains ont forgé tant de fers,
D'où s'exhale une odeur de houille et de bitume,
Maintenant qu'il n'est plus, règne sur l'univers.
L'aigle victorieux sur ton repaire immonde
A cessé de planer, et le vieil Océan

Te porte en liberté jusqu'aux confins du monde,
    Sur ses épaules de géant.

Souviens-toi de Carthage. Aux quatre coins du globe
Elle étendit jadis ses ailes de vautour,
Du sang de Régulus elle teignit sa robe;
Mais tout change ici-bas, et Carthage eut son tour.
Il arriva qu'enfin cette orgueilleuse reine
Vit le sceptre des mers s'échapper de sa main,
Et qu'elle alla tomber au milieu de l'arène,
    Aux pieds du colosse romain.

A MARIE.

Sur mon sein qui bat, qui palpite,
En posant ton front ne dis pas
Que notre jeunesse à grands pas
Derrière nous se précipite.

Parlons, parlons de nos amours;
Oui, parlons-en souvent, toujours.

A MARIE.

Oublions, ô ma douce amante !
Que nos ans sont déjà nombreux,
Et qu'ils deviennent ténébreux
Dans une atmosphère inclémente.

Parlons, parlons de nos amours;
Oui, parlons-en souvent, toujours.

Dans le monde le cœur se glace.
Ne nous plaignons point au destin
De ce qu'à son large festin
La vie ait pour nous peu de place.

Parlons, parlons de nos amours;
Oui, parlons-en souvent, toujours.

Ne dis pas, jeune enchanteresse,
Qu'être riche c'est être heureux,
Lorsque dans tes yeux amoureux
Mon ame puise tant d'ivresse.

Parlons, parlons de nos amours ;
Oui, parlons-en souvent, toujours.

Laissons comme une onde limpide
Nos deux existences couler ;
Laissons nos jours s'entremêler ;
Leur fuite en sera moins rapide.

Parlons, parlons de nos amours ;
Oui, parlons-en souvent, toujours.

A UN SYBARITE.

Homme voluptueux! jusqu'à quand sur la scène
Prétends-tu donc jouer ton personnage obscène?
Eh quoi! ne sais-tu pas que ton crâne est à nu,
Et qu'il ne te sied plus de faire l'ingénu?
Tu ne t'aperçois pas que, vieille corde usée,
Tu fais de toutes parts éclater la risée?

Sache qu'il n'est qu'un âge, un seul pour les amours,
Et que cet âge d'or ne dure pas toujours ;
Qu'il vient un soir chargé de nuages, de brumes,
Où notre corps frileux, tout encrassé de rhumes,
Pour pouvoir s'échauffer et reprendre du ton
A besoin qu'on lui fasse un nid de molleton ;
Où notre œil chassieux, se changeant en fontaine,
Semble pleurer tout bas sa jeunesse lointaine ;
Où nous effarouchons enfin tous les plaisirs,
Qui reculent devant l'affront de nos désirs,
Qui reculent devant les liens adultères
De leurs fronts souriants avec nos fronts austères.

Il est venu pour toi ce soir, et la raison
N'a point encore pourtant doré ton horizon.
L'or, ce vil pourvoyeur des voluptés infâmes,
Te prend dans ses gluaux un blond essaim de femmes ;
Il te livre des cœurs que ton souffle corrompt,
Rameaux que la vertu voit tomber de son tronc ;
Et tu ne songes pas, impudent sybarite,
Que ta vie est un livre où la honte est inscrite,

Et qu'enfin ta vieillesse est un fétide égout
D'où le bon sens public s'éloigne avec dégoût.
Va! tu peux t'applaudir du rôle que tu joues;
Mais porte quelquefois la main sur tes deux joues:
Alors tu sentiras que nous avons craché
Sur ta face lubrique, ô vieillard débauché!
Et qu'il faut que le vice aille, qand on le fouette,
S'ensevelir dans l'ombre, ainsi qu'une chouette.

SOUVENIR.

Il fut un temps (ce temps est déjà loin, madame)
Où tous deux nous n'avions qu'une pensée, une ame,
Une espérance, un but ; où nos deux cœurs jumeaux
Aimaient à s'enlacer comme font deux rameaux.
Vous souvient-il combien cet amour plein de charmes
Nous a fait à tous deux verser de douces larmes ?

3

Quand ma lèvre pour vous parait de diamans
Cette langue du ciel qu'on se parle entre amans,
De même que les fleurs gardent dans leurs corolles
Les parfums de la nuit, vous gardiez mes paroles.
Je vous disais : « Veux-tu que mon nom soit ton nom ? »
Vous me répondiez : « Oui ; » mais Dieu répondit : « Non. »
Et nous fûmes jetés par le vent d'un orage
Loin des illusions de notre premier âge.
Pendant bien des étés, pendant bien des hivers,
Nous avons cheminé par des sentiers divers,
Et nous nous retrouvons, après les jours d'absence,
Avec nos souvenirs d'amour et d'innocence.
Pourquoi faut-il qu'étant l'un et l'autre emportés
De récif en récif par des flots irrités,
Je me sois sauvé seul, et que vous, éperdue,
Vous soyez sur l'abîme encore suspendue ?...

PÉCHERESSE.

Ne jetez pas de boue au front de cette femme.
En la voyant passer, ne dites pas : « Infâme ! »
S'il est vrai qu'autrefois elle ait pu trébucher,
Que vos mains n'aillent pas lui dresser un bûcher ;
Ne vous arrêtez pas devant elle pour dire
A tous qu'elle est coupable et qu'il faut la maudire.

Qui sait si dans ce cœur, où tout vous semble mort,
Quelque chose n'a pas surnagé... le remord?
Eh bien! le repentir rend l'innocence : il donne
A qui faillit des droits à ce qu'on lui pardonne.
Le repentir sincère est un ardent tison
Par qui l'ame reprend sa plus blanche toison;
Et puis, Dieu ne veut pas que l'on soit téméraire,
Et qu'on puisse juger et condamner son frère.
Quand ce frère dévie et prend un faux chemin,
Il veut qu'on le ramène en lui tendant la main;
Que notre charité dans les plis de sa robe
Enveloppe celui qui tombe, et le dérobe
Aux regards des passans; il veut que sur son front
Elle passe l'éponge, et lave son affront.

Donc ne lui jetez pas l'insulte et l'ironie,
A cette femme; elle est peut-être assez punie.
Oui, peut-être ses pleurs ont assez expié
Les fautes où l'amour a fait glisser son pied.
Si nous pouvions plonger jusqu'au fond de son ame,
Peut-être y verrions-nous encore un peu de flamme;

Peut-être que cette ame a gardé des rayons
Qui sont moins affaiblis que nous ne le croyons.
Notre siècle, d'ailleurs, renferme tant de fange,
Qu'il peut bien polluer les ailes d'or d'un ange.
Jetons de tous côtés les yeux autour de nous :
Que voyons-nous? hélas! L'homme, jusqu'aux genoux,
Est entré dans le crime; un mal profond le mine,
Et, comme un lazzarone, il est plein de vermine.
Les mœurs, se desséchant sous un vent glacial,
Feuille à feuille s'en vont de l'arbre social;
Et quand ceux qui sont forts, qui sont pleins de vaillance,
Au lieu de triompher, tombent de défaillance;
Quand nous sommes rongés par un ver qui corrompt
Et la base et le faîte, et la branche et le tronc;
Quand le vice, entr'ouvrant ses écluses, resserre
La vertu dans son île, et quand son large ulcère
Sur nos corps chaque jour s'étend de plus en plus,
Et que nous n'avons pas l'espoir d'un prompt reflux,
Vous voulez qu'une femme ait assez d'héroïsme
Pour ne pas lâcher pied devant le cataclysme;
Et parce que son cœur, qui n'est point gangréné,
S'est, comme un épi mûr, un instant égrainé;

Parce qu'elle aura fait un instant fausse route,
Vous ne voudriez pas qu'elle pût être absoute!
Rappelez-vous Jésus. Était-il donc moqueur?
Était-il insultant? Avait-il dans le cœur
Vos superbes dédains et votre sécheresse,
Alors qu'il protégeait la femme pécheresse?

A UN CHARDONNERET.

Petit oiseau dont l'aile jaune
Aime le soleil printannier,
Toi qui plaçais ton nid, doux trône,
Depuis longtemps sur mon prunier,

A UN CHARDONNERET.

Voici que la saison s'avance ;
L'été vers nous marche à grands pas ;
Avril finit, mai recommence,
Cependant tu ne parais pas.

L'herbe est en fleurs ; des flots de vie
Coulent de tout sein nuit et jour.
Tout t'invite, tout te convie
Au divin banquet de l'amour.

L'arbre qui te servait de tente,
Impatient de te revoir,
De sa robe verte et flottante
S'est paré pour te recevoir.

Il étend sur le voisinage
Ses rameaux frais et délicats,
Qu'il offre à ton jeune ménage,
Dont il regrette le tracas.

Que dans l'enceinte solitaire
De mon verger tu serais bien !
Que fais-tu donc, retardataire ?
Ah ! vraiment, je n'y comprends rien.

Là, point de ces décharges d'armes
Qui font que les petits oiseaux
Sont dans d'éternelles alarmes
Et tremblent comme des roseaux.

Il y règne un profond silence ;
Jamais il n'y vient d'autres bruits,
Que celui du vent qui balance
Les feuilles, les fleurs et les fruits.

Mais, j'y songe ! la mort cruelle,
Par qui tout prend fin ici-bas,
Aura, du revers de son aile,
Terminé tes joyeux ébats.

Cependant, folle créature,
Assez souvent je t'ai dit : « Crains
Cette perfide architecture
Qu'un enfant fait avec des crins. »

J'en suis sûr, dans la chenevière,
Où le grain est si succulent,
On t'aura, près de la rivière,
Attrapé dans un nœud coulant.

Puis, un gourmand à sa brochée,
Pour aiguiser son appétit,
T'aura joint, et d'une bouchée
Il t'aura mangé, mon petit.

De ton bourreau, ni ce plumage
Qui te donnait un air vainqueur,
Ni ton mélodieux ramage,
Rien n'a donc pu toucher le cœur?

Puisse son champ être la proie
Et des insectes et des vers !
Plaise à Dieu qu'en tout temps il voie
Ses prés jaunes et ses blés verts !

Qu'ai-je entendu ? Le buisson tremble...
C'est lui ! salut à son retour !
Il voltige, il s'approche, il semble
Vouloir me parler à son tour.

Les oiseaux sont-ils accessibles
Au sentiment de la pitié ?
Et, comme nous, sont-ils sensibles
Au langage de l'amitié ?

A MARIE.

Il arrive parfois que je suis accablé
Du fardeau de mes jours; que mon esprit troublé
Ne sait où se poser, semblable à la colombe
Lorsqu'elle s'envola de l'arche, et qu'il succombe

Au mal intérieur qui le mine , et qui fait
Que pour moi l'existence , au lieu d'être un bienfait,
Est un arbre fatal sur lequel je végète,
N'y cueillant que des fruits que ma bouche rejette.
Je voudrais m'en aller de ce monde , tableau
Si sombre , qu'on dirait que ce soit Murillo
Qui l'ait peint ; je voudrais que ma froide dépouille
Eût lâché pour toujours mon ame qu'elle souille,
Mon ame qui, captive à ce carcan de fer,
Semble déjà vouée aux flammes de l'enfer ;
Je voudrais n'avoir plus à secouer la tête
Quand l'amitié me dit : « Espère au moins, poète,
Espère en des soleils de gloire, qui viendront
D'une douce auréole environner ton front ;
Espère en l'avenir... L'avenir rectifie
Les erreurs du passé ; sa main réédifie,
Et par elle souvent un nom est ennobli
Que rongeait en secret la rouille de l'oubli. »

Pourtant, quand je ressens cette tristesse sombre,
Si ton front angélique apparaît dans mon ombre,

O Marie ! aussitôt j'aime encore à marcher
Dans la vie, où l'amour peut seul me rattacher.
Rien que le frôlement de ta robe de soie
Fait tressaillir mon cœur d'espérance et de joie,
Comme le frôlement des ailes des oiseaux
Fait tressaillir, l'été, les jeunes arbrisseaux.

DÉDAIN.

J'ai vécu peu de jours, et pourtant que de choses,
Que de choses déjà sous mes yeux sont écloses !

Enfant, j'ai vu le vol de l'aigle impérial
Qui planait du Kremlin jusqu'à l'Escurial ;
J'ai vu l'homme du siècle, au milieu de sa gloire,
Broyant les nations sous son char de victoire ;

4

Je l'ai vu qui, suivi de soldats triomphans,

Versait l'eau du Jourdain à des peuples enfans,

Qui leur montrait du doigt le grand chemin qui mène

A l'affranchissement de la pensée humaine;

J'ai vu les étendards dont les glorieux plis

Reçurent les boulets de Wagram, d'Austerlitz;

J'ai vu flotter au vent leurs cravates trouées

Que les balles avaient si souvent dénouées;

Puis, j'ai vu tout-à-coup, au bout de l'horizon,

L'empire colossal fumer comme un tison:

Le volcan s'éteignait, et, dans son agonie,

Il donnait au vainqueur une sombre insomnie.

Tout jeune, j'ai porté le deuil de mon pays

Et répandu des pleurs sur ses drapeaux trahis;

J'ai vu les étrangers tirer au sort la robe

De celle dont la gloire a fait le tour du globe;

Le titan qui fut près d'escalader les cieux,

Je l'ai vu s'en aller, pensif, silencieux,

Sous les feux dévorans de la zone torride,

A la coupe de fiel tremper sa lèvre aride;

Je l'ai vu s'élancer sur le Bellérophon,
Pour aller s'engloutir dans l'Océan sans fond,
Comme si l'Océan était une urne immense
Qu'il fallût aux débris d'une telle existence ;
J'ai vu la royauté, de retour du tombeau,
De l'empire détruit coudre chaque lambeau ;
Je l'ai vue essayer, tige longtemps flétrie,
De refleurir au doux soleil de la patrie ;
Et puis encor j'ai vu, par un destin fatal,
J'ai vu l'adversité briser son piédestal,
La pousser de nouveau dans l'exil et lui faire
De longs jours pluvieux dans sa froide atmosphère.

Et j'ai vu tout un peuple, aux trois jours de juillet,
Sortir d'un long repos, glaive qui se rouillait ;
Son geste était brutal, sa voix était stridente,
Et du feu jaillissait de sa prunelle ardente :
Il n'avait fait qu'un bond, et mes yeux éblouis
Te virent à ses pieds, trône de saint Louis ;
Et ce peuple semblait respirer plus à l'aise,
Depuis qu'il s'en allait chantant la Marseillaise.

J'ai vu, j'ai vu surgir, aux cris de Liberté,
Un autre arbre royal tout plein de puberté,
Qui, dit-on, étendant sa racine profonde,
Est le seul sur lequel notre avenir se fonde,
Comme si l'avenir n'était pas un secret
Que Dieu voile à notre œil curieux, indiscret !
Comme si, sous son souffle, empires et royaumes
Ne se transformaient pas en ombres, en fantômes !
Et le peuple lion, je l'ai vu tout-à-coup
Qui laissait dégonfler les muscles de son cou ;
Après s'être enflammé d'un saint enthousiasme,
Je l'ai vu retomber dans un profond marasme.

J'ai vu des grands marqués du sceau des trahisons,
Dont les mains dédoraient leurs glorieux blasons.
Du rang de leurs aïeux je les ai vus descendre,
Reniant ces aïeux et crachant sur leur cendre ;
Je les ai vus allant se baigner dans les eaux
D'un Pactole honteux, comme font les pourceaux,
Et, courant aux honneurs que le pouvoir accorde,
Comme des baladins, danser sur une corde ;

Je les ai vus se vendre, ainsi qu'en un bazar,
Et passer tour à tour de Pompée à César.
J'ai vu de fiers tribuns, à l'écorce grossière,
Qui courbaient, renégats, leurs fronts dans la poussière
A l'aspect d'un ruban, à l'aspect d'un peu d'or
Que faisait à leurs yeux luire un tauréador.

J'ai vu l'homme, drapé dans le manteau du vice,
Trafiquer de l'honneur, et se mettre au service
De sâles passions, de sordides instincts,
Et s'asseoir, sans rougir, à d'ignobles festins.
En voyant devant moi, comme sur une scène,
Tout ce panorama se dérouler obscène;
En voyant combien triste est notre humanité,
Je me suis écrié : « Misère ! Vanité ! »

J'ai vécu peu de jours, et pourtant que de choses,
Que de choses déjà sous mes yeux sont écloses !

A MARIE.

Pourquoi me demander si je t'aime toujours,
Si ton ame est toujours la moitié de mon ame?
Pourquoi me demander si j'ai d'autres amours,
Si mon cœur a changé de flamme?

Demande donc au vent du matin si les fleurs
N'ont plus d'attraits pour lui; si, reployant ses ailes,
Il ne veut plus aller s'abreuver de leurs pleurs
      Et balancer leurs tiges frêles.

Demande donc encor, demande au flot marin
S'il ne veut plus aller soupirer sur la grève;
Au poète courbé sur son œuvre d'airain
      S'il peut cesser d'aimer son rêve.

A LA POÉSIE.

Toi qui m'as si souvent versé ton ambroisie,
Toi qui m'as si souvent, dans ton ciel radieux,
Emporté sur ton aile, ô sainte poésie!
Il faut nous séparer, je te fais mes adieux.
Je ne veux plus chanter; accoudé sur ma lyre,
Je me laisse tomber comme un saule pleureur.
Maintenant, je n'ai plus qu'un sceptique délire,
     J'ai fait un tombeau de mon cœur.

Un jour vient où se fane et feuille à feuille tombe
Tout ce que l'on aimait le plus en d'autres temps ;
Où l'on est insensible au chant de la colombe,
Au parfum de la vigne, aux brises du printemps ;
Où, ballotté longtemps de chimère en chimère,
On navigue au hasard, pauvre esquif démâté ;
Où l'on est près de dire, en accusant sa mère :
  « Pourquoi m'as-tu donc enfanté ? »

En vain ta voix m'appelle, en vain ta main me tresse
Des couronnes de fleurs... sur ton divin flambeau
J'ai soufflé pour toujours, ô muse enchanteresse,
Tant mon ame est semblable à l'aile du corbeau !
Tant je sais que tu n'es qu'un leurre, qu'un mensonge,
Que ton arbre souvent distille du poison,
Et que des fruits amers qu'en secret le ver ronge
  Succèdent à ta floraison !

Sur le gazon des prés, que de fleurs odorantes
Les fécondans soleils de juin ont bigarré ;

Près des lacs enchanteurs, aux ondes transparentes,
Trop longtemps sur tes pas je me suis égaré.
A l'ombre des forêts, dont le feuillage ondule,
Trop longtemps je me suis assoupi dans tes bras;
Trop longtemps je me suis, comme un enfant crédule,
Promené dans tes Alhambras.

Je me suis trop nourri, trop repu de ta moëlle,
Loin du monde qui vit d'un pain matériel;
Trop souvent j'ai voulu parcourir cette échelle
Dont la base est la terre et le sommet le ciel.
J'ai trop prêté l'oreille à ta douce parole,
Flot pur qui m'enivrais de ton bruit mensonger;
J'ai trop pris de parfums à ta blanche corolle,
O pudique fleur d'oranger!

Laisse-moi, laisse-moi... Mon ame solitaire
N'est plus un sanctuaire où brûle ton encens,
O vierge que j'aimais! ton souffle est délétère:
Emporte loin de moi tes magiques accens;

Emporte loin de moi ton ivresse inféconde,
Tes rêves énervans, tes folles visions ;
Laisse-moi retomber dans les fanges du monde,
    Du haut de mes illusions.

Déploie en souriant ton aile diaphane,
Et des cieux constellés, muse, prends le chemin,
Je vais tremper la mienne à la source profane
Qui coule à flots bourbeux sur le bétail humain.
C'est en vain que ton bras me retient et m'enlace :
Ton culte ne vaut pas le culte du métal ;
Et je vais adorer, au milieu de la place,
    Le veau d'or, sur son piédestal.

Mais non ; je n'irai pas soulever la poussière
Des sentiers que la foule en frémissant parcourt ;
Mon ame n'a point soif de volupté grossière,
Et c'est assez pour moi du pain de chaque jour
Je serais inhabile à la lutte insensée
Que se livrent entr'eux d'infâmes appétits ;

Pour souder sa fortune, un cœur, une pensée
    Aujourd'hui sont de vains outils.

Comme par le passé, toi que j'ai tant chérie,
Veille au fond de mon cœur, noble inspiration,
Pour chanter les héros, le peuple, la patrie,
Pour flétrir l'égoïsme et la corruption.
Oh! reste près de moi, mon ange tutélaire,
Pour m'inspirer des chants d'amour, de liberté;
Souffle-moi le génie, et que ton feu m'éclaire
    Au milieu de l'obscurité.

Ensemble allons fouler les herbes qui frissonnent
Dans le creux des vallons où chantent les zéphirs;
Ensemble allons au fond des forêts qui résonnent,
Aimer, prier, rêver, épancher nos soupirs.
La nature est si belle, et, dans ses plis immenses,
Elle tient enfermés tant de trésors secrets!
Elle a tant d'épis mûrs, tant de riches semences!
    Elle a tant de divins attraits!

Ne nous attelons point, pour ramper sur le ventre,
Au char de la grandeur; sur le seuil des palais
Ne nous prosternons point. Pour que rien d'impur n'entre
Sous notre toit, fermons, fermons bien nos volets.
Disons arrière à l'or, arrière à son amorce;
Faisons bien sentinelle autour de notre honneur,
Et ne laissons jamais sa vigoureuse écorce
　　　　Tomber aux pieds d'un suborneur.

Honte au luth qui frémit sous des doigts qui spéculent!
Honte au barde qui vend son génie, et qui vit
Du trafic de ses chants; dont les mains se maculent
Au contact d'une main qui l'étreint, l'asservit.
Le poète ici-bas enseigne, il moralise;
Dieu lui dit de prier, lui dit de consoler;
Il est prêtre et docteur; jamais dans son église
　　　　Sa lèvre ne doit aduler.

Oh! reste près de moi, muse chaste et riante;
Sois de mes jours mauvais le guide, le conseil;

Indique-moi le but : que ton doigt m'oriente,
Et que ta voix me tienne en tout temps en éveil.
Verse sur ma blessure un peu de ce dictame
Que tu m'as autrefois prodigué si souvent ;
Chasse bien loin de moi les tristesses de l'ame,
       Aujourd'hui comme auparavant.

Le siècle où nous vivons est un sièle de lutte
Qui va dans l'avenir à des destins nouveaux.
Comme par le passé, nous y serons en butte
A des dégoûts amers, à de rudes travaux.
La vertu n'y fleurit qu'à l'écart : on la hue ;
Elle n'est que l'envers, et le vice est l'endroit ;
Mais, pour nous soutenir dans notre voie ardue,
       Nous aurons la raison, le droit.

D'ailleurs, sur cette terre où tout homme chemine,
Quelle robe n'est pas une robe de deuil ?
Quel front ne porte pas sa couronne d'épine,
A partir du berceau pour aller au cercueil ?

Et puis, souvenons-nous, quand notre ame est brisée,

Que nul jour à celui qui le suit n'est pareil;

Que Dieu change à plaisir la poussière en rosée,

      La pluie en radieux soleil.

FUITE.

Ce jour-là, le soleil dardait de ses paupières
Des rayons qui faisaient étinceler les pierres.
L'air était étouffant : on ne savait comment
Se soustraire au fardeau de cet embrâsement.
Exilé dans une chambre, au fond d'un livre antique
Je cherchais un parfum de plante aromatique ;

5

Je conversais avec mes poètes chéris,

Leur demandant le pain dont ils se sont nourris,

Leur demandant ce feu sacré que le génie

Alluma dans leurs chants pleins de tant d'harmonie,

Et ma fenêtre ouverte attira tout-à-coup

Un oiseau qui s'envint se poser sur mon cou.

Je voulus m'emparer du charmant volatile

Que la chaleur faisait aborder dans mon île ;

Mais quand, pour le saisir, j'allais tendre la main,

A travers la fenêtre il reprit son chemin.

Alors je me sentis pris de mélancolie,

Il tomba sur ma lèvre une goutte de lie ;

Je fus tout attristé, car mon cœur se souvint

Qu'en d'autres temps un autre oiseau, le bonheur, vint

Chanter à mes côtés un instant, et qu'ensuite

Il déploya soudain son aile, et prit la fuite.

MÉDITATION AUX INVALIDES.

Et voilà donc l'espace où peut tenir cet homme
Dont le nom colossal manque aux fastes de Rome !
Un tombeau de six pieds suffit donc au géant
Qui transforma le monde en un camp militaire,

Et qui fit à lui seul, en passant sur la terre,
    Plus de bruit que tout l'Océan !

Il est là! prisonnier sous l'éternelle pierre,
Celui qui fut vingt ans sans fermer la paupière;
Qui fut plus vigilant que le coq matinal;
Qui, nouveau Jupiter, lança vingt ans la foudre,
Et qui vingt ans trouva dans l'odeur de la poudre
Tous les enivremens d'un parfum virginal !

Pour dernier oreiller il **a** le sein des braves
Qui gardent son repos, silencieux et graves;
Pour Panthéon, ce dôme où le grand empereur
Est l'hôte du grand roi, cet aigle d'un autre âge,
Qui, comme lui, vécut au milieu d'un orage,
    Et qui fut son avant-coureur.

Mais ce que je vois là de cendre refroidie,
Est-ce bien l'homme qui laissa, vaste incendie,

Son empreinte de feu sur tant de nations ;
Qui, semblable à l'éclair, vit jaillir des ténèbres
Son nom ; qui fit pâlir les noms les plus célèbres
Et concentra sur lui les acclamations ?

Bonaparte ! est-ce vous que la mort, ce vandale,
A couché sur le flanc sous cette froide dalle ?
Est-ce vous qui dormez au fond de ce cercueil ?
Eh quoi ! vous si puissant, si grand parmi les hommes,
Vous qui jouiez avec les sceptres, les royaumes,
   Quoi ! vous aussi sur cet écueil !

Qu'êtes-vous donc alors, conquérans que l'on vante,
Vous qui marchez semant devant vous l'épouvante ?
Répondez ! Vous tous qui renversez et fondez,
Qui de la gloire aimez à suivre la chimère,
Héros si fiers d'un peu de grandeur éphémère,
Qu'êtes-vous devant Dieu ? Poussière !... Répondez !

Vous avez beau gravir jusqu'aux plus hautes cimes;
Vous avez beau planer au-dessus des abîmes,
Vous parer de lauriers dans le sang ramassés,
Éblouir, fasciner les regards de la foule,
Un jour vient où le sol sous votre orgueil s'écroule,
       Où le Seigneur vous dit : « Assez! »

Et la mort à vos noms enlève leur prestige
Comme le vent enlève une feuille à sa tige,
Comme il enlève enfin à la fleur son parfum;
Et la voix du tombeau, voix qui jamais ne blâme
Et ne donne jamais de louanges, proclame
Que vous êtes rentrés sous le niveau commun.

Oh! la tombe est un grand niveleur : elle efface
Les rangs, et les ramène à la même surface.
Dans son sein le monarque est l'égal du berger;
Le même moucheron bourdonne à leur oreille,
Ils ont pour sommeiller une couche pareille,
       Le même ver pour les ronger.

Quand l'homme du destin fut hissé sur le faîte
Des grandeurs d'ici-bas, quel devin, quel prophète
Eût osé se lever et dire aux courtisans,
Lichens qui s'attachaient aux parois de son trône :
« Voyez-vous sur ce front briller cette couronne?
Pour qu'elle soit brisée, il ne faut que dix ans.

« Il ne faut que dix ans pour que cette statue,
Qui semble avoir des pieds d'airain, soit abattue;
Pour que son piédestal tombe sous le marteau,
Et pour qu'à deux battans l'exil, ouvrant sa porte,
Saisisse avec l'enfant le père, et les emporte
      Dans un pan de son noir manteau. »

Sa royauté, pourtant, on l'avait bien bénie :
Pour égide elle avait la gloire, le génie;
Le puissant empereur, à grands coups de canon,
Du sommet de son char traîné par la victoire,
Mieux qu'avec un ciseau, dans l'airain de l'histoire
Avait bien incrusté les lettres de son nom.

Pourtant, il avait bien, en creusant sa pensée,
Dit qu'il achèverait son œuvre commencée ;
Il s'était bien flatté que la mort viendrait tard,
Assez tard pour qu'il pût d'une triple cuirasse
Entourer l'avenir incertain de sa race,
     Et lui bâtir un Gibraltar.

Il croyait bien, pourtant, avoir d'une main sûre
Du vaisseau qu'il montait bouché chaque fissure ;
Il croyait bien aussi, lui, que contre le sort
Sa dynastie aurait sa muraille de Chine,
Tant de l'humanité (cette immense machine)
Il avait su saisir jusqu'au moindre ressort !

Il le croyait, et puis sa fortune inouie
Comme une ombre déjà s'était évanouie ;
La victime marchait au-devant du bourreau,
Et l'empereur aux flancs d'une roche escarpée
S'en allait tristement appendre son épée,
     Captive au fond de son fourreau.

Il tomba, mais ce fut pour avoir de la France
Égrainé sous ses doigts la plus chère espérance.
Nous voulions moins de gloire et plus de liberté;
Mais lui, tuteur avide, il nous jetait la guerre
Comme un gâteau de miel, ne s'inquiétant guère
Si nous avions atteint notre majorité.

Quand sur les nations il lançait ses bordées,
Il semait, il est vrai, de fécondes idées :
Car, du haut de l'affût du canon rugissant,
Sa voix cathéchisait tous les peuples du globe,
Sa main les dépouillait de leur grossière robe,
        Il les baptisait par le sang.

Il les initiait au dogme salutaire
Qui doit régénérer la face de la terre;
D'un meilleur avenir leur montrant les sentiers,
Il les poussait d'un bras nerveux et redoutable
Tous vers le même but, tous vers la même table,
Leur disant de quels droits Dieu les fit héritiers.

Gloire au propagateur de la pensée humaine !
Que ceux qu'il a vaincus pour lui n'aient pas de haine !
Qu'ils gardent du héros un pieux souvenir !
Entre eux et le vieux monde il mit une barrière ;
Mais la France... il la fit revenir en arrière,
      Il recula son avenir.

Il avait à remplir une mission sainte ;
Il avait à donner une plus large enceinte
A notre liberté. Le despote aima mieux
Cacher sous des tambours et sous des faisceaux d'armes
Ce trésor qu'autrefois, au prix de tant de larmes,
Au prix de tant de sang, conquirent nos aïeux.

S'il ne nous eût point fait passer par son empire,
Il nous eût fait toucher le but auquel aspire
La France. Il nous eût fait régner sur l'univers ;
Il eût cicatrisé les maux de la patrie,
Qui peut-être jamais n'aurait été meurtrie
      De tant de coups et de revers.

Toutefois, dans nos cœurs embaumons la mémoire
De celui qui nous fit un long chemin de gloire;
De son lourd despotisme oublions les excès :
Car, bien qu'en abusant de la toute-puissance
Il ait paralysé longtemps notre croissance,
Lui du moins, il vengeait l'honneur du nom français.

Cet homme, il était grand comme les pyramides,
Dont l'ombre fut mortelle aux cavaliers numides.
C'était beau de le voir sortir du Carrousel,
Ce césar, pour aller, de ses mains colossales,
Semer au grand galop ses sanglantes pharsales
        Sur son empire universel.

C'était beau de le voir sur un champ de bataille,
Ce héros dont vingt rois formaient la valetaille;
Lui dont l'oreille aimait, au milieu des boulets,
Un orchestre d'airain hurlant des canonnades ;
Lui qui jouait avec les bombes, les grenades,
Comme un enfant jouerait avec des osselets.

Que de nos lèvres donc nul fiel sur lui ne tombe !
Qu'il repose à jamais paisible dans sa tombe !
Que sur ce grand débris notre admiration
Fasse fumer l'encens; mais que Dieu nous préserve
De ces hommes de feu, dont le génie énerve
        Toute une génération !

A DE JEUNES FILLES.

Jeunes filles, la terre a ri,
La caille a chanté dans la plaine :
Cueillez le cytise fleuri,
Couronnez-vous de marjolaine.

Vous qui voguez à la merci
De flots amis, loin des orages;
Vous qui n'avez aucun souci
De la vie et de ses naufrages,

A DE JEUNES FILLES.

Jeunes filles, la terre a ri,
La caille a chanté dans la plaine :
Cueillez le cytise fleuri,
Couronnez-vous de marjolaine.

Sans vous souvenir que les jours
Que Dieu nous compte passent vite,
Aimez, quand l'essaim des amours
A de doux plaisirs vous invite.

Jeunes filles, la terre a ri,
La caille a chanté dans la plaine :
Cueillez le cytise fleuri,
Couronnez-vous de marjolaine.

Laissez au vent, laissez flotter
Les plis de vos écharpes blanches ;
Mai revient, et, pour le fêter,
Mettez vos robes des dimanches.

Jeunes filles, la terre a ri,
La caille a chanté dans la plaine :
Cueillez le cytise fleuri,
Couronnez-vous de marjolaine.

Narguant les méchans et les sots,
Sur la mousse, sur la fougère,
Au bord des limpides ruisseaux
Formez une danse légère.

Jeunes filles, la terre a ri,
La caille a chanté dans la plaine :
Cueillez le cytise fleuri,
Couronnez-vous de marjolaine.

Riez, dansez, chantez en chœurs,
Vous en qui l'innocence abonde ;
Laissez déborder de vos cœurs
Votre bonheur, eau vagabonde.

Jeunes filles, la terre a ri,
La caille a chanté dans la plaine :
Cueillez le cytise fleuri ,
Couronnez-vous de marjolaine.

Il vient un temps où dans les pleurs
L'existence se décolore ;
En attendant, cueillez des fleurs :
C'est pour vous qu'on les voit éclore.

Jeunes filles, la terre a ri,
La caille a chanté dans la plaine :
Cueillez le cytise fleuri ,
Couronnez-vous de marjolaine.

A Mme J. G.

Le jour qui vous vit naître était assurément
Un jour où le soleil, du haut du firmament,
Inondait de ses feux la terre qui, plus chaude,
Étincelait à l'œil ainsi qu'une émeraude;

6

Où des papillons bleus l'essaim évoluait
De vallon en vallon, de bluet en bluet;
Où, sous le frais abri des feuilles reverdies,
Les oiseaux émiettaient leurs tendres mélodies;
C'était un de ces jours pleins de sérénité
Que la main du Seigneur met au front de l'été,
Où le calice d'or de la fleur qui scintille
Laisse prendre au zéphir le parfum qu'il distille;
Où les champs et les monts, les collines, les cieux
Semblent s'être parés pour le plaisir des yeux.
Oui, madame, le jour où Dieu vous fit éclore
Était un de ces jours qu'un beau soleil colore :
Car votre ame, vos yeux, votre front, tous vos traits
Reflètent la nature avec tous ses attraits.

A UN LACHE ÉCRIVAIN.

Lorsque Dieu te laissa tomber sur cette terre,
Marqué d'un sceau fatal comme un autre Caïn,
C'était, il faut le croire, en un jour de colère;
Car il t'a dit : « Enfant, vis sous un ciel d'airain; »
Car il t'a refusé son immortelle haleine,
Cette ame, seul trésor qu'ici-bas nous ayons,
Soleil intérieur de la poitrine humaine
      D'où jaillissent tant de rayons.

A UN LACHE ÉCRIVAIN.

Lâche ! Tu peux porter un soufflet sur la joue,
Tu peux vivre marqué d'un fer brûlant au front,
Tu peux laisser traîner ton manteau dans la boue,
Sans jamais demander d'où te vient cet affront.
Au culte de la peur ton ame est asservie;
On te crache au visage, et tu ne songes pas
Que quelquefois on doit sur l'amour de la vie
   Greffer le dédain du trépas.

Ta laideur, qui trahit un cœur en pourriture,
A ce cœur ulcéré pèse comme un remords;
Cet outrage sanglant que t'a fait la nature,
Ton orgueil en secret le ronge comme un mors;
Tu sais que chaque fois que ton bras la coudoie,
Ton aspect fait enfuir la pudique beauté;
Tu sais qu'elle sourit ou qu'elle s'apitoie,
   En voyant ta difformité.

Si tant de qualités dont tu pleures l'absence
Pouvaient se compenser ! si de quelque talent

Dieu du moins t'eût doté ! peut-être l'existence
Aurait-elle pour toi son côté consolant ;
Mais non, déshérité par une main avare
De dons qui te pourraient tenir lieu de vertus,
Tu n'es à tous égards qu'une ébauche bizarre
     Et qu'un ridicule fœtus.

Quelquefois, détachant une harpe enfumée
Que tu suspends au mur de ton triste réduit,
Tu voudrais en tirer une note enflammée
Que tu ferais courir sur l'aile de la nuit.
Mais vainement tes doigts, plus glacés que le marbre,
Cherchent à réveiller ton luth endolori :
On dirait un hibou qui, du creux d'un vieil arbre,
     Fait entendre un lugubre cri.

Ne crois pas qu'au premier qui l'accoste la muse
Abandonne jamais son sein jaspé d'azur.
C'est une vierge au front pudique, qui refuse
De presser sur son cœur un cœur qui n'est pas pur.

Vers les plus chastes fleurs toujours, comme l'abeille,
Elle aime en souriant à prendre son essor,
Et dans d'indignes mains jamais de sa corbeille
    Elle n'épanche le trésor.

Dans ces jours de dégoût et d'amère tristesse
Où parfois nous prenons notre vie en pitié,
As-tu jamais senti le fardeau qui t'oppresse
S'alléger sous la main de la sainte amitié?
Non, non; cette amitié que le ciel nous envoie,
Et qu'à tous nos bonheurs nous allons convier,
Tu ne l'as jamais vue, heureuse de ta joie,
    Venir s'asseoir à ton foyer.

Sur ta lèvre jamais d'une lèvre électrique
Tu ne sentis couler l'ivresse de l'amour.
Voilà pourquoi tu vis dans un monde excentrique,
Et pourquoi, triste oiseau, fuyant l'éclat du jour,
Comme un fantôme errant au milieu des ruines,
On te voit, solitaire, aller de tous côtés,

A l'heure où, descendant du sommet des collines,
    La nuit plane sur les cités.

Voilà pourquoi ta vie aime à couler dans l'ombre,
Sans soleil, sans zéphir, comme un ruisseau fangeux;
Voilà pourquoi ton front, couvert d'un crêpe sombre,
En tout temps est chagrin comme un ciel orageux;
Voilà pourquoi toujours ta colère s'allume,
Pourquoi tu fais broyer à tes dents de métal
Ton calice de fiel, dont la brûlante écume
    Noircit ton langage brutal.

Voilà pourquoi toujours, comme une cuve pleine,
Sur ta couche de feu bouillonne ton cerveau;
Voilà pourquoi tu vas flétrir de ton haleine
Tout ce qui ne veut pas descendre à ton niveau;
Voilà pourquoi tu vas, les deux pieds dans la fange,
Japper sur nos talons, alors que nous passons,
Et pourquoi tu te ris, sur ce théâtre étrange,
    Des pierres que nous te lançons.

Ton poil, comme celui du sanglier farouche,
Au moindre bruit du vent se hérisse d'effroi;
Tu ne vois que des dents déchirant la cartouche,
Que des fusils armés dirigés contre toi;
Et lorsque, reportant ta pensée en arrière,
Tu plonges tes regards dans un passé lointain,
Ahuri, tu t'enfuis au fond de ta tannière,
        Pour y rêver de Guillotin.

Parce que ton humeur triviale et bouffonne
Des débats scandaleux aime le sale égout,
Et parce que ta main mercenaire chiffonne
La pudeur, la vertu, la raison, le bon goût,
Vaniteux, tu crois être un de ces grands athlètes
Qu'au temps de nos discords orageux le bourreau,
Le seul homme qui pût faire ployer leurs têtes,
        Ramassait dans son tombereau.

Homme vil! quelle est donc ton étrange folie?
Toi, prétendre à l'honneur d'un trépas glorieux!...

Ta vie est trop vulgaire, elle est trop peu remplie,
Pour attirer sur elle un courroux sérieux.
Les révolutions, gigantesques abimes
Dont la gueule parfois s'entr'ouvre en rugissant,
Engloutissent, hélas! de plus nobles victimes,
    Boivent un plus généreux sang.

LES DEUX GÉANTS.

Ce mont qu'on voit là-bas, c'est le Mont-Blanc, géant
Qui, plein de majesté, se tient sur son séant,
Regardant à ses pieds les Alpes granitiques,
Que semblent écraser ses formes athlétiques.

Est-il rien de plus beau que ce sommet neigeux,
Théâtre où l'ouragan a de terribles jeux?
Chaque fois que je puis le contempler, je plonge
Par la pensée au fond de l'histoire, et je songe
A cet autre géant dont le sublime front
Dépasse les plus hauts, auxquels il fait affront,
Montagne dont le pic longtemps inaccessible
Avait pour avalanche une armée invincible,
Dont le choc culbutait peuples et souverains,
Les poussait dans l'abîme, et leur cassait les reins.

NOSTALGIE.

Voici venir avril; les roses vont renaître;
Le jour s'est allongé, la terre rajeunit,
L'hirondelle en chantant retourne à la fenêtre
Où l'attire son nid.

Eh ! que m'importe, à moi, que l'arbre reverdisse,
Qu'au fond des frais taillis fleurisse le muguet,
Que le jour aux dépens de la nuit s'agrandisse,
      Que le ciel soit plus gai ?

Jamais je ne retourne à tes clochers gothiques,
Dijon, nid qui berças mes songes d'avenir,
Nid où mon cœur laissa tant de cœurs sympathiques
      Pleins de mon souvenir.

Sur tes coteaux dorés, où le pâtre fredonne
Un noël bourguignon, je ne vais plus m'asseoir ;
Je ne demande plus au pampre ce qu'il donne
      D'espérance au pressoir.

Pourtant je voudrais bien revoir tes promenades,
Océans de verdure, où, palpitans d'amour,
Les oiseaux aux passans jettent leurs sérénades
      A la chute du jour.

Je voudrais bien revoir, ô ma douce patrie!
Ton Parc royal peuplé d'un essaim de beautés,
Et tes vieux monumens que la froide industrie
  N'a point encore grattés.

Je voudrais bien revoir ton Muséum qui s'ouvre
Aux œuvres du génie, où l'on voit les tombeaux
De tes glorieux ducs, qui font envie au Louvre,
  Tant l'art les a faits beaux!

Revoir ton Arquebuse, odorante corbeille
Que le printemps emplit d'ombre, de jeux, de ris,
Où l'enfant court, léger comme une aile d'abeille,
  Sous les lilas fleuris.

Je voudrais bien aussi revoir le Mont-Afrique,
Montmusard et Talant, qui sont tes Apennins,
Et Fontaine, où se dresse un grand nom historique,
  Et tes deux fleuves nains.

Oh ! que ne puis-je encor me pendre à ta mamelle,

Qui de son lait si pur m'a longtemps abreuvé ;

Et que ne puis-je encore faire sous ma semelle

    Résonner ton pavé !

Inutile souhait !... Lorsque vers tes murailles

Je crois, joyeux oiseau, pouvoir prendre mon vol,

Le travail, ce filet qui me tient dans ses mailles,

    Me rabat vers le sol.

Et je comprends alors qu'un toit de prolétaire

N'est qu'un parc resserré, qu'une étroite prison,

Et que Dieu ne permet qu'aux heureux de la terre

    De changer d'horizon.

Quelque jour cependant, quand la vieillesse sombre

De mon jeune âge aura fait refluer le flot,

Qu'elle m'aura plongé bien avant dans son ombre,

    M'emportant au galop,

Un bâton à la main, un sac sur les épaules,
Une dernière fois j'irai mordre à ton pain,
Te demander un peu de place sous tes saules
Pour mon lit de sapin.

SANS DOT.

Que de nuits ont jeté leurs ombres sur la terre
Sans effeuiller sur moi les roses du sommeil!
Que d'aurores ont vu ma couche solitaire
Des pleurs que je répands baignée à mon réveil!
Jeune encor, dans la coupe amère, empoisonnée,
Je bois comme l'enfant dans la coupe de lait,
Et sous mes doigts ma vie est une fleur fanée
S'égrainant comme un chapelet.

Sur un songe enchanteur je m'étais endormie,
Et dans son frais hamac je balançais mon cœur;
Oh oui! mon ame avait rêvé d'une ame amie
Qu'elle nommait déjà sa compagne, sa sœur.
De mon bonheur déjà j'aspirais la rosée,
Déjà de blanches fleurs riaient sur mon chemin,
Et de joyeux oiseaux, effleurant ma croisée,
      Semblaient saluer mon hymen.

Il venait d'attacher la couronne d'épouse
A mon front virginal; je pouvais désormais,
Je pouvais dans ma main palpitante et jalouse
Placer enfin la main de celui que j'aimais.
Nos jours s'entrelaçaient comme l'orme et la vigne;
Sur les flots de la vie, où nous nous avancions,
Nous ne tracions tous deux qu'un sillage, une ligne,
      Comme deux jeunes alcyons.

En m'appuyant sur lui j'étais pleine de force;
A ma jeunesse en fleur, trésor fait de cristal,

Il était ce qu'à l'arbre encor faible est l'écorce,
Il était mon abri, mon toit, mon piédestal;
Il m'enseignait le monde et tout ce qu'il recèle
D'embûches, de poisons, et son bras vigilant
Dirigeait vers le but ma flottante nacelle

      Qui souvent voguait en tremblant.

Mon amour l'entourait de son plus pur délire,
Je le suivais partout d'un regard de fierté;
Sa voix, quand il parlait, me semblait une lyre,
Elle rendait mon cœur gai comme un jour d'été.
Il était l'univers où mon ame ravie
Aimait à s'enfermer, le trésor que mon œil
A toute heure couvait; il était de ma vie

      Le tourment, le charme et l'orgueil.

Et quand déjà c'était assez de jouissances,
Dieu n'en resta pas là. Pour y mettre le sceau,
Sa main faisait planer toutes mes espérances
Et tout mon avenir au-dessus d'un berceau.

L'encens de ma prière exhalé de ma bouche
Montait vers le Seigneur, lorsque je regardais
Mon enfant qui, vermeil, souriait dans sa couche
    Dont mes doigts écartaient le dais.

Et l'enfant grandissait chaque jour sous mon aile,
Et son père était fier en voyant s'allonger
L'ombre de ce rameau si flexible, si frêle,
Qui secouait sur nous ses parfums d'oranger.
Tous deux de notre amour nous entourions cet ange
Dont les joyeux ébats charmaient notre foyer,
Et lui, de son côté, nous donnait en échange
    Les mots qu'il pouvait bégayer.

Et lorsque je croyais à ce bonheur suprême,
Mon rêve loin de moi s'est enfui tout à coup ;
L'époux ne m'a point dit ce mot si doux : « Je t'aime! »
L'enfant n'est point venu se suspendre à mon cou.
Ces ivresses, hélas! n'étaient que fantastiques :
L'erreur était mêlée à leurs flots azurés ;

Mon cœur n'a point battu sur des cœurs sympathiques,
    Sur des cœurs qu'il eût adorés.

Moi cependant aussi j'avais une ame pleine
D'angéliques vertus qui pouvaient réjouir
Ma couche nuptiale, et que sous son haleine
Ma mère avait pris soin de faire épanouir ;
Moi cependant aussi Dieu m'avait embellie
De ce que la jeunesse a de plus attrayant ;
Moi cependant aussi j'étais fraîche et jolie,
    Et mon front était souriant.

Mais qu'importe aujourd'hui qu'un jeune front rayonne
De grâce, de pudeur ? De ce trésor charmant
Nul n'aspire à jouir ; une telle couronne,
Au siècle où nous vivons, est un vain ornement.
Un souffle empoisonné corrompt notre atmosphère,
Au fond de tous les cœurs la vertu râle ou dort ;
L'argent, voilà le but, et chacun veut se faire
    Un chemin qui soit sablé d'or.

Voilà pourquoi je vis seule au milieu du monde,
Pauvre lis refermé presqu'aussitôt qu'ouvert ;
Pourquoi ma voix n'a point d'écho qui lui réponde,
Et pourquoi mon printemps ressemble à mon hiver;
Pourquoi l'autel jamais n'allumera ses cierges
Pour fêter mon bonheur en présence de Dieu ;
Pourquoi je n'irai point, sous le voile des vierges,
        Donner ma foi dans le saint lieu.

GLOIRE A DIEU.

Gloire à Dieu dans les cieux ! gloire à Dieu sur la terre !
Gloire à Dieu dont la main s'ouvrant comme un cratère,
Dans l'espace infini lança tout cet essaim
De mondes tournoyans qui le proclament saint !

Gloire à Dieu qui, planant sur le chaos immense,

Regarda l'orient et dit au jour : « Commence ! »

A la nuit : « Revêts-toi d'astres silencieux

Qui roulent dans l'éther comme sur des essieux ;

Qui soient les diamans de ta tunique noire,

Et révèlent partout ma puissance et ma gloire ! »

Gloire à Dieu qui créa tout ce que nous voyons,

Le soleil qui nous verse un torrent de rayons,

Les étoiles, clous d'or de la céleste voûte,

Que jamais on ne voit s'écarter de leur route,

Qui, dès que notre globe entre dans son repos,

Semblent, pour le garder, s'assembler par troupeaux,

Et qui chantent sur lui, harpes mélodieuses,

En poursuivant au loin leurs courses radieuses !

Gloire à Dieu qui créa les vastes horizons,

Les oiseaux, les poissons, les fleurs et les gazons,

Et la feuille qui pend des arbres, et l'insecte,

Ouvrages merveilleux du sublime architecte,

Du sublime architecte à qui rien n'a coûté

Pour que l'être créé reflétât sa beauté !

Le monde et tout ce qu'il renferme
A sa voix sortit du néant,
Et sa main, de la terre ferme
Séparant le vaste Océan,
Rassembla les eaux qui bouillonnent
Sous les vaisseaux qui les sillonnent,
Et dans son lit la mer s'enfla,
Et Dieu lui dit : « Vois cette rive
Où ta vague écumante arrive...
Ta fureur s'arrêtera là! »

C'est lui qui forma les nuages
Qui voilent la face des cieux,
Où, seul, au milieu des orages,
Aborde l'aigle audacieux;
Et comme des flocons de laine
Que le vent chasse dans la plaine,
C'est lui qui les fait voltiger;
Qui les fait, dans un ciel bleuâtre,
Comme les décors d'un théâtre,
Se rétrécir et s'allonger.

Il déploya comme une tente
Le firmament; il arrondit
L'arc-en-ciel, bannière éclatante
Que dans les airs il suspendit ;
Et de ce cercle qui rayonne
Il se fit comme une couronne
D'une étincelante splendeur ;
Il le fit briller dans la nue
Comme un front de vierge ingénue
Qu'on voit sourire avec pudeur.

C'est lui qui prit un peu d'argile
Et qui lui dit de s'animer,
Qui mit dans ce vase fragile
Une ame faite pour aimer ;
Et l'homme, sa vivante image,
L'homme, son plus parfait ouvrage,
Comme un roi s'avança soudain,
Conduisant sa jeune compagne
Sur les herbes de la campagne,
Dans la solitude d'Éden.

Il a fait la rive plaintive
Où s'abat, au soleil couchant,
La colombe blanche et craintive
Qui remplit l'écho de son chant.
Il a fait la brise qui pleure
Dans le feuillage qu'elle effleure ;
Les vents qui, comme des démons
Dont on aurait brisé les chaînes,
Agitent les rameaux des chênes,
Ébranlent la crête des monts.

Il a fait le val solitaire
Peuplé de fleurs et d'arbrisseaux,
Où vit l'oiseau que désaltère
L'eau murmurante des ruisseaux.
Lui-même il a tracé la pente
Du fleuve argenté qui serpente
Et s'allonge comme un ruban ;
Il a fait dans le même moule
Le brin d'herbe que le pied foule
Et le cèdre altier du Liban.

Il a fait les blés, dont la nappe
Réjouit l'œil du voyageur,
Et la vigne, d'où pend la grappe
Pour le panier du vendangeur ;
Il a couvert d'ombre les croupes
Des rochers où viennent par troupes
Bramer les daims et les chevreuils ;
Il a fait croître l'arbre, olympe
Où dans la solitude grimpe
Le pied léger des écureuils.

Qui donc d'une teinte écarlate
Sillonne les plaines de l'air ?
Qui donc dit à la foudre : « Éclate
Et suis la trace de l'éclair ? »
Qui donc soulève la tempête,
Et dit à l'ouragan : « Arrête ! »
Qui donc fait rentrer dans son lit
Le vent qui hurle et tourbillonne ?
Qui donc l'enchaîne, le bâillonne ;
Qui donc l'apaise, l'amollit ?

Qui donc à la rose vermeille
Dit : « Épanouis-toi, souris
Comme un jeune enfant qui sommeille
Bercé sur l'aile des péris? »
Qui donc dit à la violette :
« Fais ta plus charmante toilette,
Pour qu'à l'aurore de demain
La fiancée aille, timide,
Te cueillir, de rosée humide,
Pour la fête de son hymen? »

N'est-ce pas celui vers qui montent
Les doux parfums des nuits d'été,
Dont les jours entr'eux se racontent
La puissance et la majesté?
N'est-ce pas celui qui s'écoute
Parler dans le bruit de la goutte
Tombant des fentes du rocher;
Dans le bruit des mers, dont l'écume,
Comme une crinière qui fume,
Se dresse devant le nocher?

N'est-ce pas vous, Seigneur, qui fîtes toute chose?

Tant d'effets merveilleux révèlent une cause,

Révèlent un principe universel, caché,

      Une source divine

Que l'œil n'aperçoit point, que la raison devine,

Et d'où le flot humain un jour s'est épanché.

Est-ce donc le hasard qui régla l'harmonie

De ces corps qu'ici-bas nul ne saurait compter,

Et qui suivent chacun leur route indéfinie

Sans jamais se choquer, sans jamais se heurter?

Le hasard est aveugle : il ne peut rien produire

      Qui soit stable, qui soit parfait;

De l'ordre qui régit le monde on doit induire

      Qu'un être intelligent l'a fait.

Salut, vaste Océan où j'ai puisé la vie,

Où cette vie aspire à retourner un jour!

Salut, but vers lequel palpitante, ravie,

Mon ame prend l'essor sur l'aile de l'amour!

Je crois, j'espère en toi, même sans te connaître;

Je sens que c'est de toi que découle mon être;

Que, fragment d'un grand tout, mon existence va
Se perdre dans ton sein immense, ô Jéhova !
Je le sens, en toi seul, par toi seul je respire.
Je suis semblable au cerf altéré qui soupire
   Après l'eau fraîche du torrent.
Je soupire après toi, source toujours féconde,
Et tout dit à mon cœur, dans les landes du monde,
   Que je dois renaître en mourant ;
Qu'un jour je dois sortir de mes propres ruines,
Et que, prenant vers toi mon essor radieux,
Je dois un jour aller, dans les sphères des cieux,
Me confondre au foyer de tes clartés divines.

   Quelquefois, ô mon Dieu ! pourtant
   Il arrive que de ma route
   Je m'écarte, et que dans le doute
   Je tombe, et que je suis flottant.
   Plus je raisonne et plus j'écoute,
   Plus mon esprit est hésitant ;
   Et je vous trouve insaisissable
   Dans l'étoile et le grain de sable,

        8

Dans l'aigle, monarque des airs,
Dans l'hirondelle familière,
Et dans l'hysope et dans le lierre,
Et dans le palmier des déserts.

Puis, après avoir eu des tristesses mortelles,
Après avoir bien combattu,
Je rentre par la foi, qui me prend sur ses ailes,
Dans le chemin de la vertu.

En vain vous voilez votre face,
En vain, ô fleuve illimité !
Je ne vois que votre surface
Du fond de mon infirmité ;
Sans savoir quelle est votre essence,
En voyant la magnificence
Dont vous vous êtes entouré,
Plus ma raison est confondue,
Plus aussi ma lèvre éperdue
Murmure votre nom sacré.

Dans les nuits pleines de silence,
Je vous écoute dans la voix
Soit du zéphir qui se balance
Dans la chevelure des bois ;
Soit du rossignol, doux Tibulle,
Dont chaque chant, comme une bulle,
S'évapore en montant au ciel ;
Soit de l'abeille qui bourdonne
Sur la colline qui lui donne
Le parfum qu'elle change en miel.

Je vous vois aux lueurs des étoiles qui tremblent,
Quand vos mains au sommet de l'éther les rassemblent
Comme un pasteur rassemble un troupeau dans les champs,
Dans tout ce qui palpite et par d'amoureux chants
Exprime son bonheur, dans tout ce qui respire ;
Je vous vois dans la fleur et dans le gazon vert,
Dans un ciel radieux, dans un ciel monotone,
Dans le joyeux printemps et dans le pâle automne,
Dans les feux de l'été, dans le froid de l'hiver.
En vain je cherche à fuir, en vain je vous évite,

Toujours vous m'attirez comme un gouffre béant;
Sans cesse autour de vous il faut que je gravite,
Et partout devant moi vous vous dressez géant.

Que vos œuvres, Seigneur, sont grandes, sont sublimes !
        Que de puissance vous avez !
Votre seule pensée apaise les abîmes
        Que sous vos ailes vous couvez.
Quelle harpe pourrait célébrer vos louanges ?
        Quel théorbe, quel instrument,
Quand même il vibrerait sous les doigts des archanges,
        Pourrait vous chanter dignement ?
Votre nom est trop grand pour la langue des hommes :
        Nous le balbutions en vain ;
Pouvons-nous donc comprendre, atomes que nous sommes,
        Ce qu'il renferme de divin ?
Gloire à vous ! ô mon Dieu ! qui, précédant les âges,
        Avez toujours été !
Gloire à vous ! gloire à vous ! dont l'immortalité
        Doit survivre à tous les naufrages.
Gloire à l'être incréé ! gloire à l'être infini

Qui n'a jamais connu ni le temps ni l'espace !
Tout s'efface ici-bas, tout disparaît, tout passe.
Lui seul est éternel !... que son nom soit béni !
Ce nom est redoutable, il est plein de mystère,
Gloire à Dieu dans les cieux ! gloire à Dieu sur la terre !

L'ENFANT QUI DORT.

Laissez sur la couche paisible
De ce charmant enfant qui dort
Voltiger le groupe invisible
Des doux songes aux ailes d'or.

Gardez que votre main n'effleure
Ce front de chérubin vermeil.
Éveillé, l'homme souffre, il pleure;
Il rit, bercé par le sommeil.

Laissez sa lèvre, où se découpe
La forme d'un pur arc-en-ciel,
Boire l'ivresse dans la coupe
Où boivent ses frères du ciel.

Hélas! l'existence réelle
Est telle, qu'on peut redouter
D'y retremper encor son aile,
Lorsque l'on vient de la quitter.

La gaîté sur son frais visage
S'épanouit, rayon doré.
Que voit-il ? Est-ce un paysage
Qui rit sous un ciel azuré ?

Que voit-il? Il voit une femme
Dont le regard doux, triomphant,
Couve la moitié de son ame
Dans le berceau de son enfant.

Laissez sur la couche paisible
De ce charmant enfant qui dort
Voltiger le groupe invisible
Des doux songes aux ailes d'or.

PENSÉE TRISTE.

Quand je songe parfois, ô mon Dieu! quand je songe
Que tout n'est ici-bas qu'illusion, mensonge;
Quand je songe que rien n'est stable, n'est parfait,
Sous ce vaste ciel bleu que vous nous avez fait;

Qu'une existence d'homme est plus vite effeuillée
Que l'herbe qui fleurit au fond de la vallée;
Que partout où la vie allume son flambeau,
Il faut qu'à l'instant même il se creuse un tombeau;
Que tous nous nous hâtons en foule, pêle-mêle,
Jeunes hommes, vieillards, enfans à la mamelle,
Vers la mort qui, debout à l'angle du chemin,
Nous attend au passage, un filet à la main;
Qu'il arrive une époque où l'on vit solitaire
Sur les débris de ceux qu'on aimait sur la terre;
Une époque où plus rien qu'une amère liqueur
Ne fermente en secret au fond de notre cœur;
Quand je songe à cela, je sens comme une vague
Qui me jette dans l'ame une tristesse vague;
Rien de ce que j'aimais ne me plaît, ni les eaux,
Ni les bois pleins de fleurs, ni les nids pleins d'oiseaux.
Ce que la nature a de plus pure harmonie
Ne passe autour de moi que comme une ironie.
A quoi bon, dis-je, avoir un foyer où, le soir,
De tendres amitiés viennent souvent s'asseoir,
Avec de gais propos, d'ingénieuses fables,
De longs récits tout pleins de charmes ineffables?

A quoi bon posséder les êtres adorés
Dont on peuplait jadis tant de rêves dorés ,
Posséder à toute heure un doux regard de femme
Qui fouille avec amour tous les plis de votre ame ,
Et posséder, trésor qui fait envie aux cieux,
Le sourire charmant d'un enfant gracieux?
A quoi bon avoir pu goûter la jouissance
(Que ne sauraient donner ni l'or ni la puissance)
D'aimer et d'être aimé, s'il suffit d'un moment
Pour faire évanouir un tel enchantement?

BABYLONE.

Il est de par le monde une ville fameuse
Qui tantôt dans les plis de sa robe brumeuse
Frissonne, et qui tantôt voit ses hauts monumens
Miroiter au soleil comme des diamans;

Ville à l'enceinte immense, océan de toitures
Découpant l'air avec ses mille architectures
De gothiques clochers, de dômes ardoisés
Qui se dressent pareils à des mâts pavoisés;
Ville dont le pavé retentissant, sonore,
Sous le fer des chevaux résonne dès l'aurore;
Ville où les cavaliers, les chars, les piétons,
Sans cesse enchevêtrés, hurlent sur tous les tons :
Si bien que l'on croirait que ce soit une meute
De chiens qu'un piqueur fouille et que la faim ameute;
Une île de Lemnos où sous mille marteaux
Mille bras de Vulcains allongent les métaux;
Une insurrection qui sans cesse bouillonne
Dans les flancs sulfureux de cette Babylone.

Là, tous les appétits, avec un bruit d'enfer,
S'en viennent aboutir, lutter, croiser le fer.
Chaque jour on les voit, arrivant à la course,
Sucer cette mamelle, intarissable source
Qui verse à celui-ci l'ambroisie et le miel,
A celui-là des flots d'amertume et de fiel.

Son nom, la renommée en tout lieu le proclame;
Elle le fait voler sur ses ailes de flamme.
On l'appelle PARIS! — Paris, riant séjour
Où tout homme voudrait avoir reçu le jour;
Paris, le grand étal de toutes les merveilles,
La ville des plaisirs, du travail et des veilles;
Le temple où le savant, l'artiste et le guerrier
Reçoivent le baptême et ceignent leur laurier;
La ville tour à tour frivole et sérieuse,
Aimant le monde et Dieu, sainte et luxurieuse.
Courtisane qui sort de ses longues torpeurs
Après avoir passé par d'étranges vapeurs,
On la voit, au milieu de la brûlante orgie
D'homériques combats jeter son énergie,
Et puis redevenir un pouls qui ne bat plus,
Un lac aux flots dormans, sans flux et sans reflux,
Pour rompre encor plus tard, par un bond élastique,
Le lien qui l'attache à ce calme apathique.

Honte et gloire à Paris! ville aux chauds intestins,
Qui couve de mauvais et de nobles instincts;

9

Ville où l'œil est frappé de contrastes étranges,
Où l'on vit au milieu des démons et des anges ;
Oasis parfumée où l'opulence dort
Sur des coussins de soie et sous des lambris d'or,
Tandis que la misère, entre quatre murailles,
Râle sur un grabat, la faim dans les entrailles,
Sans que des monts voisins un peu d'air embaumé
Vienne purifier son réduit enfumé ;
Serre chaude où l'on voit de distance en distance
Éclore un suicide au bout d'une existence ;
Bazar où la beauté laisse insensiblement
S'effeuiller sa pudeur, son plus bel ornement ;
Impitoyable mer dont l'onde sur ses grèves
Rejette en frémissant des débris de doux rêves ;
Lupanar où souvent l'innocence aux abois
Expire au bruit moqueur des flûtes, des hautbois ;
Roc au sommet duquel le débiteur agile
S'envole en emportant ses pénates d'argile ;
Dédale où dans les mains des huissiers, des recors,
Échoue à chaque instant la contrainte par corps ;
Bois aux flancs caverneux, peuplé d'oiseaux de proie
Qui s'abattent sur vous et vous rongent le foie ;

Fleuve large et profond, où par mille ruisseaux
Le bagne et la prison vont décharger leurs eaux ;
Sol arrosé de sang qui coule dans les ombres,
Théâtre où l'on entend hurler des drames sombres ;
Tripot d'où l'honneur sort estropié, boiteux,
Après s'être égaré dans des sentiers honteux ;
Volcan toujours ouvert, qui de son chaud cratère
Vomit tous les matins l'inceste et l'adultère ;
Urne où les doux parfums se mêlent aux poisons,
Les nobles dévoûmens aux lâches trahisons ;
Nid plus gai qu'un berceau, plus triste qu'une tombe,
Où siffle la vipère, où chante la colombe ;
Terre de l'esclavage et de la liberté,
De l'égoïsme froid et de la charité ;
Cloaque et sanctuaire, où près du vice infâme
Resplendit la vertu, cette étoile de l'ame.

Depuis Rome, aujourd'hui tombeau silencieux,
Quelle ville a jeté plus d'éclat sous les cieux ?
Quand parfois, gravissant le sommet de l'histoire,
On contemple du haut de cet observatoire

Les fastes immortels de la grande cité ;

Qu'on plonge ses regards sur cette immensité

Des temps évanouis, effrayant labyrinthe

Où son nom a laissé sa glorieuse empreinte ;

Qu'on la suit pas à pas à travers le sentier

Que ses pieds ont frayé sur l'univers entier ;

Qu'on se reporte aux lieux où ses enfans d'élite

Ont planté son drapeau jadis cosmopolite ;

Qu'on parcourt les sillons que son soc a creusés,

Et qu'elle a de son sang le plus pur arrosés,

La vue est éblouie, et sur tant de prodiges

Quel front se pencherait sans avoir des vertiges ?

A voir tant de hauts faits devant soi se dresser,

Sans que l'œil fatigué puisse les embrasser,

Oh ! ne dirait-on pas que la ville éternelle,

Alors qu'elle couvait Lutèce sous son aile,

Songeait à lui léguer son merveilleux destin,

Entrevoyant Paris dans un brouillard lointain ?

La voyez-vous là-bas, cette étroite rigole

Qui coule obscurément dans un coin de la Gaule ?

Laissez faire le temps ; bientôt le filet d'eau
D'un empire puissant portera le radeau.
Le limon de ce Nil à l'embouchure immense
Doit de la royauté féconder la semence ;
Dans son lit les vieux rois chevelus trôneront,
Le sceptre d'or en main et la couronne au front.
Tumultueux essaim d'une race intrépide,
A la gloire Paris ira d'un pas rapide.
Voyez-le s'élancer dans les combats sanglans,
Ce cheval dont l'honneur éperonne les flancs.
En tête de la France il court, et la victoire
De longues pages d'or allonge son histoire.
Quels peuples sur lesquels son étoile n'ait lui ?
Le monde d'occident est trop étroit pour lui :
Il faut qu'à son élan l'Asie ouvre ses portes,
Pour laisser dans son sein déborder ses cohortes ;
Que le sol africain, où de nobles trépas
Attendent ses enfans, s'allume sous ses pas ;
Que l'Amérique enfin, vierge à peine nubile,
Attire son génie inquiet et mobile.
Tolbiac, Taillebourg, Bouvines et Rocroi,
Rocroi, brillant début des armes d'un grand roi ;

Jemmapes, Austerlitz, quels noms et quelles tailles!
Sur vos socles d'airain, debout, grandes batailles!
Debout! Nobles guerriers, sujets et souverains,
Héros des temps passés, héros contemporains!
Debout! et déployez sur les tours Notre-Dame
Le drapeau tricolore auprès de l'oriflamme.
Rassemblez, héritiers du vieux renom gaulois,
Dans un même faisceau vos immortels exploits.

Paris, c'est le guidon, la tête de colonne
Des autres nations, que sa main aiguillonne;
Il redonne la vie à qui mourait, l'éveil
A qui s'était couché dans un lâche sommeil :
Car il a la pensée, et c'est par son génie
Que Dieu veut que la terre un jour soit rajeunie.
Dans le monde qu'emplit la gloire de son nom,
Rien de grand ne se fait quand sa voix a dit : « Non! »
Il suffit, pour qu'on voie incliner la balance,
Que dans un des plateaux il ait jeté sa lance,
Ajoutant à l'éclat de ses exploits bruyans
L'éclat de la science et des arts sourians.

Tout peuple qui, courbé sous un joug tyrannique,
Marche le front couvert d'un pan de sa tunique,
Qui voit, sous le marteau d'un pouvoir odieux,
Tomber sa liberté, ses temples et ses dieux,
L'invoque en soupirant; à tous ceux qu'on exile,
A tous ceux qui s'en vont sans foyer, sans asile,
Loin des fleuves sacrés de la patrie en deuil,
Généreux, Paris fait un fraternel accueil.
Toutes les nations, qu'il tient comme en haleine,
Ont les regards tournés vers cette ruche pleine,
Où de chaque contrée il s'envole un essaim
Qui s'en vient à son tour bourdonner dans son sein.
Il en vient des deux mers, il en vient des deux pôles,
Et l'on voit se heurter sous ses riches coupoles,
Costumes, cultes, mœurs et langages divers,
Bigarrures dont Dieu raya cet univers.
Tous veulent explorer les rives du grand fleuve,
Euphrate d'occident qui l'arrose et l'abreuve;
Tous se mêler au flot qui roule sur ses quais,
Et tous enfin s'asseoir à ses joyeux banquets.
Tant les mélodieux accens de la syrène
Ont de charmes secrets! tant à son front de reine

Elle porte d'aimant! et tant il semble doux
De pouvoir être un jour bercé sur ses genoux!

Des temps viendront pourtant (cet avenir est sombre)
Où tant d'éclat aura disparu comme une ombre;
Où, morne Herculanum, tu verras, ô Paris!
Le hibou solitaire et la chauve-souris
Prendre possession de tes vastes ruines
Que l'œil apercevra de loin dans les bruines.
Oui, sur tes quais un jour, veufs de tous tes palais,
Le pêcheur s'assiéra pour sécher ses filets;
Les roseaux de ton fleuve, au milieu des ténèbres,
Feront sur tes débris pleuvoir leurs chants funèbres;
Le pâtre insoucieux mènera ses chevreaux
Paître sur la poussière éparse des héros,
Et ton front subira l'outrage de la herse,
O reine des beaux arts, des lettres, du commerce!
Là, sur ce même sol où tu fais tant de bruit,
Planera le silence éternel, et la nuit
Des âges noircira de teintes poétiques
Tes chapiteaux brisés, tes restes de portiques.

Les générations te laisseront à sec
Comme elles ont laissé Babylone, Balbeck,
Et Palmyre, et Sydon, et Tyr, tes sœurs aînées,
Dont l'attérissement successif des années
N'épargna que le nom ; tu deviendras un lieu
Sur lequel on verra marqué le doigt de Dieu ;
Toi, grand soleil qui luis au fond d'un grand empire,
Tu seras un corps froid où plus rien ne respire,
Un cadavre exhalant une fétide odeur
Mêlée à des parfums de gloire, de grandeur ;
Et quand le voyageur foulera, solitaire,
Ta cendre, il creusera cette pensée austère,
Que quelque part il est une invisible main
Qui se rit des Babels que pond l'orgueil humain,
Pulvérise Alhambras, Louvres, et qui peut faire
Que l'astre le plus haut tombe un jour de sa sphère.

VOIX DU CIEL.

Aux rayons du soleil je ne faisais qu'éclore,
Quand du lis qui s'entr'ouvre au vent frais du matin
Et que le vent du soir incline et décolore
    J'éprouvai le destin.

Un jour que je dormais, une aile de colombe
Au fond de mon berceau me prit malade et nu,
Et je ne m'éveillai que par delà la tombe,
　　　　Dans un monde inconnu.

Un ange m'avait dit : « Quitte des bords funestes
Où le plus pur parfum à la fin se corrompt ;
Viens goûter avec moi les voluptés célestes,
　　　　L'étoile d'or au front.

« Déploie, ô jeune enfant ! tes ailes frémissantes.
La vie est un long deuil, n'en attends point le soir.
Devant le Saint des saints, de tes mains innocentes
　　　　Viens tenir l'encensoir. »

Je partis, et depuis tu vis inconsolée,
Et chaque soir, ma mère, aux pieds d'un crucifix
Tu vas t'agenouiller dans l'enceinte isolée
　　　　Où repose ton fils.

Et tu dis à la mort : « Soulève cette pierre
Et rends-moi mon enfant, mon unique trésor. »
Mais la brise qui passe emporte ta prière
   Que n'entend pas la mort.

Ramène vers le ciel ta raison qui s'égare.
Que font sur un tombeau des sanglots et des cris ?
A-t-on jamais, hélas! vu le cercueil avare
   Rendre ce qu'il a pris ?

Ne sais-tu pas que Dieu veut qu'orphelin ou veuve,
On aille dans son sein retremper sa vertu,
Lorsque, courbant le front sous le poids d'une épreuve,
   On se sent abattu?

As-tu donc oublié que, puisqu'il faut qu'on meure,
Les jours, si longs qu'ils soient, sont une vanité ;
Que des siècles entiers ne sont que comme une heure,
   Vus de l'éternité?

Et puis, si le Seigneur de nos deux existences
A brisé les anneaux, ce n'est pas pour toujours.
Ah! bénis-le d'avoir trompé tes espérances
          En abrégeant mes jours.

Comme un oiseau craintif qui fuit et se dérobe
Au piège que lui tend un perfide oiseleur,
J'ai fui la terre avant qu'elle n'eût de ma robe
          Altéré la couleur,

Et dirigeant mon vol vers les célestes sphères,
Régions où fleurit un éternel printemps,
J'ai pris place au milieu des séraphins, mes frères...
          C'est là que je t'attends.

A LA PAUVRETÉ.

Toi dont Jésus a fait, en te prêchant à l'homme,
Un échelon qui mène au céleste royaume;
Toi qu'aux jours de sa gloire et de sa liberté,
Dans un pan de sa toge abrita Rome antique;
Toi qu'Aristide enfin pratiqua dans l'Attique,
Qu'es-tu donc devenue, ô sainte pauvreté?

Je cherche un coin caché de notre vaste globe
Où quelqu'un soit encor fier de porter ta robe;
Mais je le cherche en vain, je ne le trouve pas.
De nos jours l'homme avide en tout lieu te bafoue,
Et loin de tes autels, qu'il a couverts de boue,
  On le voit détourner ses pas.

La soif de la richesse enflamme notre lèvre;
Dans le cœur nous n'avons plus qu'une seule fièvre,
Celle de l'or; et, comme un honteux vêtement,
Nous rejetons l'honneur, lui disant anathème,
Et nous ne craignons pas d'ériger en système
L'art d'étouffer en nous tout noble mouvement.

Ceux qui sont nos pasteurs nous ont donné l'exemple
De te répudier, de déserter ton temple.
Leurs mains vers le veau d'or nous poussent, vil troupeau;
Au lieu de les laver dans des sources limpides,
Ils lavent dans les eaux des passions cupides
  Les ulcères de notre peau.

Où donc s'arrêteront ces ardeurs insensées,
Et quand donc nos aïeux, étoiles éclipsées,
Médailles dont, hélas ! nous sommes les revers,
Renaîtront-ils en nous avec leurs grandes œuvres?
Quand, pour les étouffer comme un nid de couleuvres,
Mettrons-nous donc le pied sur nos instincts pervers?

Il est encor bien loin de nous cet heureux âge
Qui nous restituera ce superbe héritage ;
Nous touchons presqu'au bord d'un abîme sans fond.
Il faut, pour qu'il jaillisse une source d'eau pure
Des flancs de notre corps social qui suppure
           Un coup de sonde bien profond.

A J. CHEVILLARD.

En vers harmonieux si parfois je m'exprime,
Si ma lèvre est habile à distiller la rime,
Je n'en suis point enflé; je sais ce que je vaux,
Je sais quelle louange est due à mes travaux;

Ils sont d'un honnête homme, et c'est leur seul mérite.
Ne crois pas que jamais ma lyre soit inscrite
Parmi ces lyres d'or dont la sonorité
Éveillera l'écho de la postérité.

Eh! qu'importe, après tout, que mon nom reste ou passe?
Qu'importe que ce nom occupe un large espace,
Ou qu'il soit oublié même avant que mes yeux
Se soient clos à jamais à la clarté des cieux?
Il me suffit qu'un jour — fi de toute autre gloire! —
Ce que j'aurai pensé vive dans la mémoire
D'un homme tel que toi, dont le cœur ne s'éprend
De rien qui ne soit beau, de rien qui ne soit grand.

AMERTUME.

Il est de ces instans où mes vers étincellent,
Où des strophes de feu sous ma plume ruissellent;
Où je sens au-dedans de moi comme un volcan
Qui fait que tous mes os tressaillent en craquant;
Où l'indigation, sombre griffon, m'emporte;
Où mes dents, se heurtant, grincent comme une porte

Qui tourne sur ses gonds que la pluie a mouillés,

Et qu'un trop long repos à la fin a rouillés ;

Où des cordes d'airain ricanent sur ma lyre ;

Où je suis haletant comme un homme en délire ;

Où je voudrais avoir le museau du chacal

Pour fouiller dans les cœurs le vice arsenical,

Le mettre sur le gril de l'ardente satire,

Et dans de l'alcool prolonger son martyre ;

Où je voudrais, enfin, imprimer à son front

L'indélébile sceau d'un éternel affront.

A ces emportemens quand parfois je me livre,

Quand ce vin de colère implacable m'enivre,

C'est que, jetant les yeux sur notre nation,

Je vois son corps qui tombe en putréfaction ;

C'est que je vois sa chair livide et corrompue

Couverte d'un cancer qui suinte et qui pue ;

C'est que je vois chez nous l'antique loyauté,

Inutile instrument que l'on a démonté,

Se tenir à l'écart sans que personne y touche,

Sans que personne vienne épousseter la couche

De poussière qui s'est mise insensiblement

A ternir tout l'éclat de ce pur diamant ;

C'est que je vois partout, dans notre siècle infâme,

Que l'homme effrontément trafique de son ame ;

Qu'il veille pour le mal, que pour le bien il dort,

Qu'il veut pour oreiller une montagne d'or,

Que la cupidité, sa courtisanne altière,

Le retient garotté, captif dans la matière ;

Que tous nous nous vendons comme de vils pourceaux ;

Que nous sommes pourris, gangrenés jusqu'aux os ;

Que la vertu n'est plus un hôte qu'on accueille,

Qu'on la laisse tomber grain à grain, feuille à feuille ;

C'est que je vois partout que le vice arrogant

Lui crache à la figure et lui jette le gant ;

Qu'il ose lui lancer son ironie amère

Et lui dire tout haut qu'elle est une chimère ;

Que son règne est fini ; que sa caducité

Fait qu'on doit la priver de son droit de cité ;

Qu'elle est hors de saison ; qu'il faut qu'elle dépouille

Ses oripeaux usés par la dent de la rouille ;

C'est qu'enfin les vertus qu'autrefois on vantait

Comme des ornemens que chacun revêtait,

Ont perdu de nos jours leur chaste poésie,

Et que ce sont des biens dont nul ne se soucie;

C'est que je vois partout sur le bord du chemin

De riches mendians qui vont tendant la main,

Qui vont aux dignités par une voie oblique,

Sans craindre d'appauvrir la fortune publique;

C'est que je vois la France abandonnée aux dents

Des voraces instincts, des appétits ardens;

C'est que je vois là-bas le pauvre qui défriche

Le champ dont la moisson mûrira pour le riche;

C'est que je vois là-bas, sans pain et sans abri,

Le talent, le savoir dont le front assombri

Dit trop ce qu'il lui faut de force, de constance

Pour porter cet Atlas qu'on nomme l'existence.

Oh! quand cesseront donc ces scandales hideux

Qui, dans notre pays, d'un seul peuple en font deux:

L'un qui marche courbé sous sa lourde misère,

De ses jours sans soleil égrainant le rosaire;

L'autre qui, du sommet de la prospérité,

Voit son frère qui vit souffrant, déshérité,

Sans qu'à ce frère il laisse aller une parcelle
De cet or que le temps dans ses mains amoncelle?
Eh quoi ! sur ce rocher de la terre, séjour
Où nous sommes venus pour bivaquer un jour,
Ne sommes-nous pas tous marqués du même signe?
En est-il un qui soit maudit, qui soit indigne
De réclamer sa part de pain? En est-il un
Qui ne doive point mordre à l'aliment commun?
Est-il donc parmi nous une race flétrie
Qui n'ait point Dieu pour père, et qui soit sans patrie?
Est-il un Esaü parmi nous qui se soit
Dépouillé de ce droit que tout homme reçoit
De pouvoir demander au travail son salaire,
De pouvoir mettre un peu de froment sur son aire?
Sans enlever sa base à la société,
Sans déplacer le sol où cet arbre est planté,
Ne peut-on, y mettant le soc de la charrue,
Dégager ce terrain de l'herbe qui l'obstrue,
Rendre à l'arbre sa sève et son âge viril,
Et détourner de lui la foudre, le péril?
Pour qu'un arbre nouveau sur l'ancien se bâtisse,
Quel travail faut-il donc? — Celui de la justice.

Il faudrait que chacun abjurât sans détour
L'égoïsme honteux dont l'ongle de vautour
Lui déchire le cœur ; il faudrait que chaque homme
Ne vît plus dans son frère une bête de somme,
Qu'il prît ses passions et leur tordit le cou,
Pour que l'un ne fût pas brebis et l'autre loup ;
Que chacun éteignît la convoitise ardente
Qui de son ame fait comme un enfer du Dante ;
Qu'on obtînt les honneurs sans leur livrer assaut,
Et qu'on ne voulût pas monter toujours plus haut ;
Que, pour récompenser, on mît dans la balance
La vertu, le mérite, et non pas l'opulence ;
Qu'on barrât le chemin des emplois à celui
Sur qui ces deux soleils n'auraient point encor lui ;
Que l'équité pour tous fût ferme, fût sévère,
Et qu'elle ne pût pas se briser comme un verre ;
Que dans une cuirasse on pût la renfermer,
Afin que par l'intrigue on ne pût l'entamer,
Afin qu'on ne pût pas venir lui tendre un piège
Et la précipiter du sommet de son siège ;
Il faudrait que l'on vît le petit et le grand
Vivre heureux, satisfaits, chacun selon son rang ;

Que l'un à la pitié devînt plus accessible,
Et que l'autre fût moins envieux, irascible.;
Que l'un fût dégrevé des fardeaux écrasans
Qui sur ses faibles reins s'entassent tous les ans;
Que l'autre, pour pouvoir soutenir l'édifice,
Prît la plus large part du commun sacrifice,
Et que tous deux ainsi payassent le tribut,
Et d'un pas fraternel marchassent à leur but.

Mais ce n'est-là qu'un rêve, un rêve poétique
Que la raison admet sans qu'elle le pratique.
Insensés! nous avons si mal couvé cet œuf
Que dans son nid fécond pondit quatre-vingt-neuf;
Nous avons si souvent, nation routinière,
Fait rentrer notre char dans son antique ornière,
Qu'il a fallu remplir le ballon d'air nouveau,
Qu'il a fallu refaire un nouvel écheveau.
Le sabre impérial ayant coupé l'idée,
A force de travail nous l'avons resoudée;
Nous avons ramené le fleuve dans son lit.
Malheur! malheur à nous! si notre bras faiblit,

Si nous nous arrêtons au milieu de la route,
Et si notre victoire est changée en déroute !
Jusqu'au point de départ nous rétrograderons,
Et, couverts d'un linceul, nous nous engourdirons;
Nous nous consumerons en vaines tentatives
Pour pouvoir ressaisir nos chances primitives.
Le temps qu'on a perdu ne se répare pas,
Et, dès que l'on commence à reculer d'un pas,
On ne s'arrête plus, et toute l'énergie
Que l'on avait s'en va dans une hémorrhagie;
Et puis on redevient, la chose étant ainsi,
Un peuple corvéable et taillable à merci;
On n'a plus qu'à se faire une couche où l'on dorme,
N'ayant plus désormais rien d'humain que la forme.

A MLLE J. D.

Approchez, belle enfant, pour que mes yeux admirent
L'éclat de vos beaux yeux où les anges se mirent.
Je n'ai plus mes vingt ans; venez ici, soyez
Sans peur. Je ne suis point celui que vous voyez
Dans ces songes divins que l'on fait à votre âge,
A votre âge où l'amour trace un premier sillage

A Mlle J. D.

Sur ce flot azuré qu'on nomme cœur humain ;
Je ne suis point celui qui peut-être demain
S'en ira demander à votre heureuse mère
Son plus beau diamant, sa plus douce chimère.
Non, non, je ne suis point le jeune homme qui doit
A l'anneau nuptial enchaîner votre doigt,
Et puis vous emporter, chaste et tremblante proie,
Sous son toit qui de loin vous sourira de joie.
Je ne suis point celui qui, lorsque vous passez,
Vous fait timidement tenir les yeux baissés,
Qui fait que quelquefois vos paupières ternies
Accusent le matin de longues insomnies.

Approchez, approchez bien près de moi : je veux
Admirer votre taille, admirer vos cheveux,
Respirer le parfum de votre pure haleine,
Et baiser vos deux mains plus blanches que la laine
De la jeune brebis au sortir du lavoir.
Vos petits pieds mignons, je veux aussi les voir ;
Je veux voir votre front, où votre ame scintille,
Et votre fraîche bouche où tant d'esprit pétille ;

Je veux toucher les plis de votre robe, où l'art

Semble s'être épuisé pour ravir le regard ;

Entendre votre voix si vibrante et si douce,

Qu'on dirait un soupir du zéphir sur la mousse ;

Votre voix, chaste écho d'un cœur plein de vertu,

Que l'on entend longtemps, même après qu'il s'est tu.

Mais non, ne venez pas : j'avais tort. Je préfère

Ne point vous contempler ; car il pourrait se faire

Que nous fussions tous deux (et c'est ce dont j'ai peur),

Moi l'imprudent oiseau, vous, enfant, le pipeur.

L'ENFANT.

L'enfant, c'est l'ornement, le charme,
La providence du foyer ;
Dès qu'il s'y répand une larme,
C'est sa main qui va l'essuyer.
C'est lui, quand votre front se voile,
Et qu'on ne voit pas une étoile
Scintiller à son firmament,
C'est lui qui va sur vos tristesses,
Les deux mains pleines de caresses,
Se pencher amoureusement.

11

C'est lui dont les lèvres vermeilles,
Plus souriantes que les fleurs
Où se suspendent les abeilles,
Où l'aurore verse ses pleurs,
Vous parlent un plus doux langage
Que les oiseaux sous le feuillage,
Que les ruisseaux dans le vallon ;
C'est lui qui voltige à toute heure
Et qui remplit votre demeure
Du bruit de son gai tourbillon.

C'est lui dont l'existence frêle,
Plus frêle qu'un frêle arbrisseau,
Grandit à l'ombre de votre aile
Qui palpite sur son berceau.
Sous votre main son ame blanche,
Bouton qui tremble sur sa branche,
Se réchauffe et s'épanouit ;
Plus chaste qu'un lis dans la plaine,
Elle remplit de son haleine
Votre toit qu'elle réjouit.

C'est lui dont la robe étoilée
Comme la robe d'un ciel bleu,
Va se poser, immaculée,
Entre vos offenses et Dieu;
C'est lui qui donne à vos paupières
Leur plus doux somme; et vos prières,
En montant au ciel chaque soir,
Le portent parmi les phalanges
Des séraphins et des archanges,
Où votre amour le fait asseoir.

C'est lui qui vit de votre vie,
Marchant toujours à vos côtés;
Qui se mêle et qui s'associe
A toutes vos félicités.
Plus tard, lorsque vos pas chancèlent,
Alors que les ans s'amoncèlent
Sur vos genoux qui sont tremblans,
C'est lui dont la sollicitude
Veille sur votre lassitude
Et protège vos cheveux blancs.

Du sommet de sa vie austère
Le Christ aimait à converser
Avec cet ange de la terre ;
Souvent on le vit caresser
De blondes têtes gracieuses,
Dont les chevelures soyeuses
Retombaient sur des cous de lait ;
Souvent on vit le Fils de l'homme
Respirer le suave arome
Que leur innocence exhalait.

La maison sans berceau ressemble
A l'aire qui n'a pas d'aiglon ;
C'est l'herbe qui jamais ne tremble
Sous les ailes du papillon ;
C'est le sommeil sans les doux songes
Tout peuplés de riants mensonges ;
C'est la corbeille sans la fleur ,
La colline sans le zéphire ;
C'est la bouche sans le sourire ,
L'existence sans le bonheur.

L'enfant, c'est l'avenir immense
Dont chaque pli cache un trésor,
Le sillon qui veut la semence
Pour pouvoir donner l'épi d'or.
Dans cette terre chaude encore
Des feux de sa vermeille aurore
Semez, semez, afin qu'un jour
En se fermant votre œil sourie
A la moisson qu'aura mûrie
Le doux soleil de votre amour.

LES OISEAUX.

Les jours d'automne étaient venus, et par volées
Les oiseaux voyageurs désertaient les vallées;
Ils s'en allaient, fuyant la neige et les frimas,
Demander la verdure à de plus chauds climats.
Je leur disais : « Oiseaux que le soleil appelle
En de lointains pays, prenez-moi sur votre aile,

Et portez-moi là-bas sous un ciel moins brumeux,
Par delà, par delà l'Océan écumeux,
Où la vie est, dit-on, si calme, si riante,
Sur une terre en fleurs toujours luxuriante. »
Eux, ils me répondaient : « Bientôt il descendra
Un autre oiseau que nous, dont l'aile te prendra
Pour t'emporter bien loin, comme un hardi corsaire.
Cet oiseau, c'est la mort... Il te tient dans sa serre. »

PAUVRE ET RICHE.

Dans la cuve jamais la grappe au front vermeil
Ne fermente pour moi; jamais je ne moissonne;
Je n'ai rien ici-bas que ma place au soleil,
Trésor que le Seigneur ne refuse à personne.

Je n'ai point d'intendant aux doigts longs et crochus
Qui, tous les ans, Frontin qui me gruge et me pille,
M'apporte les deniers d'arrérages échus
    Que le lendemain j'éparpille.

Je n'ai point de garenne où, sur le serpolet,
Trottent de gais lapins, s'engraissant pour ma table;
Point de vaches quittant, urnes pleines de lait,
Mes prés pour regagner à pas lents leur étable.
Je n'ai point de brebis à la fine toison,
Peuple qu'un souffle livre à des terreurs paniques,
Et qui teint la montagne, au bout de l'horizon,
    Des blancs reflets de ses tuniques.

Quand mai revient avec son ciel d'or et d'azur,
Et que l'oiseau retourne à ses joyeux cantiques,
Je n'ai point sur un tertre, Hybla qu'abrite un mur,
D'abeilles bourdonnant sous leurs dômes rustiques;
Point de vieux colombier au toit en parasol,
Miroitant au soleil, tout zébré de plumages,

D'où l'on entend le soir descendre jusqu'au sol
    De mélancoliques ramages.

Je n'ai point de villa, nid qu'enlace un collier
De verdure et d'eau vive, au flanc d'une colline,
Et que baigne en été l'ombre du peuplier
Qui s'élance dans l'air comme une javeline ;
Point de fruits à cueillir sur un riche coteau ;
Point d'étang où ma main puisse jeter la ligne,
Où je puisse jouer, bercé dans un bateau,
    En suivant la trace d'un cygne.

Je n'ai point de beau parc où les biches, les daims
Sautent de roche en roche à l'ombre des futaies ;
Point de pavillons turcs riant dans mes jardins,
Et qu'on prendrait de loin pour des nids dans des haies ;
Je n'ai point dans la vie un chemin sablé d'or ;
Point de terres en Beauce, et point en Normandie ;
Je ne vais point aux eaux de Bade ou du Mont-d'Or,
    Sous prétexte de maladie.

Mon pied ne foule point le parquet des salons
Où ruisselle tant d'or, où brillent tant de flammes,
Où l'on croit être assis dans de charmans vallons
Pleins d'abeilles, de fleurs, de sourires de femmes.
Au bal que l'art transforme en calice odorant,
Où le hautbois soupire, où la fanfare éclate,
Où le diamant rit comme un flot transparent,
      Mon cœur jamais ne se dilate.

Je ne serre jamais les flancs d'un fier coursier
A la croupe luisante, au poitrail blanc d'écume,
Et jamais mon talon éperonné d'acier
Ne fait flotter au vent sa crinière qui fume ;
Je n'ai point de voiture où je puisse en dormant
Me laisser entraîner au galop qui m'emporte,
Point de meute, pas même un épagneul aimant,
      Pylade qui veille à ma porte.

Comme l'oiseau du ciel, je vis au jour le jour,
Recherchant comme lui les bois, les champs, l'espace,

Emiettant comme lui quelques refrains d'amour
Qu'effacent les soupirs de la brise qui passe ;
Sur ce fantôme noir qu'on appelle DEMAIN,
Comme l'oiseau du ciel jamais je ne me penche,
Car je sais que toujours Dieu sur notre chemin
   Fait croître un brin d'herbe, une branche.

Je ne suis point jaloux des heureux d'ici-bas ;
Comme un glaive affilé je ne sens point l'envie
Pénétrer dans mon cœur, alors que sans combats
Je les vois triompher des peines de la vie ;
Je ne me plains jamais de ce que Dieu m'a fait
Ce que je suis ; jamais ma lèvre ne l'accuse ;
Il m'a donné des biens dont je suis satisfait :
   L'amour, la liberté, la muse.

Et puis n'ai-je donc pas, comme l'homme opulent,
Ce qui fait qu'on s'enlace autour de l'existence,
Les étoiles au fond d'un ciel étincelant,
Archipels se groupant de distance en distance ?

Comme lui, n'ai-je pas les chauds soleils d'été,
Les jours d'automne avec leurs soirs et leurs aurores,
Les arbres pleins de calme et pleins de majesté
      Se berçant sur leurs troncs sonores ?

Comme lui n'ai-je pas les prés, les fleurs, les eaux,
Les nids mélodieux et leur architecture,
Le vent des nuits qui fait soupirer les roseaux,
Et l'orchestre divin de toute la nature?
— Pourquoi prendrais-je donc mon destin en pitié?
Si j'ai d'amers dégoûts, j'ai de douces ivresses ;
Mon ame n'est point seule, et souvent l'amitié
      L'enveloppe de ses caresses.

Je le sais, à celui qui vit péniblement
Dieu ne fait point défaut, et bien souvent il daigne
Le visiter au jour de son accablement
Et verser des parfums sur son ame qui saigne.
Aussi ma pauvreté, satisfaite de peu,
Ne court jamais à l'or comme un bouc au cytise;

Sur **ma lèvre** jamais je n'ai senti le feu
  D'une brûlante convoitise.

J'aime la solitude où l'on vit tout entier,
Les doux épanchemens du cercle de famille,
Et l'entretien qui fait oublier le sentier,
Et l'heure qui s'enfuit sous la verte charmille.
Oui, j'aime les abris solitaires; j'y bois
Le silence et l'oubli : mon ame s'y recueille,
J'y suis plus près de **Dieu**, dont j'écoute la voix
  Jusque dans le bruit de la feuille.

Je me plais à causer avec les écrivains
Qui sont dans le tombeau. J'aime, dans un vieux livre
Dont les sillons poudreux ont des trésors divins,
J'aime à cueillir des fleurs dont le parfum m'enivre;
Et, bien que tous mes jours ne soient pas radieux,
Bien que parfois en moi s'infiltre l'indigence,
Je me plais à gravir, voyageur studieux,
  Les Alpes de l'intelligence.

Dans les champs de l'esprit mon ame s'ennoblit;
Là, je sens qu'elle prend, loin des fanges du monde,
Des élans inconnus, et qu'elle s'embellit
Comme l'arbre touffu sous la main qui l'émonde.
Dans les plis de l'étude heureux qui s'abritant
Dans cette région se bâtit comme une aire,
D'où son œil en pitié voit l'homme s'agitant
   Dans le limon de sa misère.

A UN ENFANT.

Enfant, je m'en souviens, dans son immense serre
Avril reverdissait : c'était un beau matin ;
Ce jour, jour dont mon cœur fête l'anniversaire,
Je fus à ton aspect ému comme un corsaire
     A l'aspect d'un riche butin.

12

Tu venais de poser sur le seuil de la vie
Tes pieds tendres et nus comme les pieds d'un faon,
Et la félicité, que j'avais poursuivie
Dans mes rêves d'amour, à mon ame ravie
    Ta main venait l'offrir, enfant.

Ton souffle ravivait mes espérances mortes;
Je les voyais fleurir sous tes soyeux rideaux;
Tes doigts de l'avenir m'ouvraient les larges portes;
Mes épaules enfin se sentaient assez fortes
    Pour l'existence et ses fardeaux.

Les mots confusément se pressaient dans ma bouche
Pour remercier Dieu; je ne savais comment
Le bénir d'envoyer cette tige à ma souche,
Cet orgueil à mon cœur, cette joie à ma couche,
    Cette étoile à mon firmament.

Oh! quel jour fortuné que celui qui vous donne

Un enfant dont le front est souriant, vermeil !
A des élans sans fin votre ame s'abandonne,
Et des songes divins, doux essaim qui bourdonne,
      Réjouissent votre sommeil.

On ne demande alors plus rien à l'existence ;
On lui dit : « C'est assez ! » On se sent satisfait ;
On ne songe pas même aux ans, dont l'inconstance
Des choses d'ici-bas, corrompant la substance,
      Peut faire un malheur d'un bienfait.

On croit avoir enfin résolu le problème
De son bonheur, soleil qui maintenant a lui ;
On croit avoir trouvé, dans cet être qu'on aime,
Un rameau vigoureux qu'on greffe sur soi-même
      Pour revivre plus tard en lui.

A UN AMI.

Un jour que devant toi passaient des filles d'Ève,
Tu vis dans leur essaim une jeune beauté,
Et tu rêvas d'amour, et bientôt de ce rêve
  Dieu fit une réalité.

Béni soit le Seigneur qui pour toi la fit naître
Riche de tant d'attraits, qui daigna l'envoyer
Sous ton toit solitaire, afin qu'elle pût être
  L'ange gardien de ton foyer !

Brillante de vertus, elle veut qu'on ignore
Quels parfums ces vertus exhalent de son cœur,
Comme pour ajouter plus de puissance encore
  A leur charme vainqueur.

Cette femme, on la voit quelquefois sur la route
Quand le soleil s'éteint dans les vapeurs du soir;
Elle tient par la main un enfant qu'elle écoute,
  Et cherche un gazon pour s'asseoir.

Cet enfant, chérubin qui tomba sur ce globe,
C'est elle qui l'endort au bruit de ses chansons,
Qui réchauffe ses pieds dans les plis de sa robe,
  Qui le forme par ses leçons.

C'est elle dont la main sème dans sa jeune ame
Ce pur froment qui donne un jour des épis d'or;
Elle qui sur ce vase, où brille tant de flamme,
  Veille comme sur un trésor.

C'est elle qui, de grâce et de pudeur ornée,
A toute heure du jour aime à presser la main
De celui qui l'adore et qui l'a couronnée
      Des chastes roses de l'hymen.

Répudiant sa part des plaisirs de ta vie,
Elle exige sa part de toutes tes douleurs,
Et son ame si pure est une urne remplie
      D'amour, d'espérance et de pleurs.

Sur ton cœur, parfois plein d'une liqueur amère,
Elle verse en riant l'ambroisie et le miel,
Et te fait voir au bout de ce monde éphémère
      Les blanches collines du ciel.

A MLLE J. D.

Puisque vous n'attachez plus de prix à la vie,
Fuyant ce qu'à votre âge on recherche, on envie;
Puisque votre ame en fleur s'effeuille, se flétrit
Et semble dédaigner tout ce qui lui sourit;
Puisque vous n'avez plus le sommeil, cette essence
Que Dieu fait de son ciel tomber sur l'innocence;

Puisque vous détournez votre œil indifférent
De l'eau qui sous vos pieds s'écoule en murmurant ;
Puisque ni fleurs, ni bois, ni collines, ni plaines
N'ont plus pour votre cœur de suaves haleines ;
Puisque vous écoutez sans douce volupté
L'oiseau que fait chanter un beau soleil d'été ;
Puisque vous respirez sans transport, sans ivresse
L'air embaumé du soir, alors qu'il vous caresse ;
Puisqu'on vous voit souvent, rêveuse, vous tenir
Seule à votre balcon pour voir quelqu'un venir,
C'est que d'un feu secret vous êtes consumée,
Et que vous éprouvez le besoin d'être aimée.

UNE MÈRE.

Une mère ! doux mot qui résume la femme !
Mot simple où tant de sens est pourtant renfermé !
Mot qui dit que l'on peut multiplier son ame
Par le besoin d'aimer et celui d'être aimé !

Une mère! Sait-on ce que c'est qu'une mère?
C'est un ange gardien qui vous suit nuit et jour,
Qui, si votre existence est pluvieuse, amère,
Vous étreint d'autant plus des nœuds de son amour.

C'est celle à qui l'on prit ses flancs pour pouvoir naître,
Lui donnant en échange une couche de feu;
Celle qui la première, à travers sa fenêtre,
Vous vit, astre charmant, poindre dans un ciel bleu.

C'est celle qui se fit une longue insomnie
Pour vous faire un sommeil calme, rafraîchissant,
Et qui sur ses genoux, tutélaire génie,
Ferma plus d'une fois vos yeux en vous berçant.

C'est celle qui chanta sa plus douce romance
Près de votre chevet, et qui fertilisa
Votre ame où sa main mit la première semence
De la vertu, rosier qu'elle-même arrosa.

C'est celle qui, lionne, et tour à tour colombe,
Poussa des hurlemens, fit soupirer son cœur
Chaque fois qu'elle crut voir s'ouvrir une tombe
Où se serait, hélas! englouti son bonheur.

C'est celle qui, plaçant en vous ses espérances,
S'offrit en holocauste à des tourmens sans fin ;
Qui se fit comme un jeu des douleurs, des souffrances,
Pour calmer votre soif, pour calmer votre faim.

Voyez-la, voyez-la dans les chemins du monde
Vous suivre d'un regard tremblant, vous désigner
Les bourbiers où le vice a mis son trône immonde,
Et vous crier bien haut de vous en éloigner.

Voyez-la qui répand des larmes de tendresse
Quand on a proclamé votre nom glorieux;
Sur la pointe des pieds voyez-la qui se dresse
Pour regarder passer son fils victorieux.

Jetez à pleines mains, jetez des fleurs à celle
Qui vous donna le lait le plus pur de son sein,
Qui vous emmaillota dans un berceau, nacelle
Dont son alcôve fut le paisible bassin.

Faites-lui des sentiers de mousse, de verdure,
Faites-lui dans la vie un trajet sans écueil,
Afin que, sous ses pieds la terre étant moins dure,
Elle puisse arriver sans secousse au cercueil.

PRIÈRE A DIEU.

Seigneur, ne me donnez ni gloire, ni puissance;
    Que je vive pauvre, oublié,
Et que, parmi les noms que le vulgaire encense,
    Le mien ne soit point publié;
Que la haine sur moi s'épanche en noir bitume
    De la lèvre des envieux;

Que mes jours soient remplis d'absinthe, d'amertume :
>   Qu'ils soient ternes et pluvieux;
Que mes nuits soient en proie aux longues insomnies,
>   Que j'aille par d'âpres sentiers;
Que mon toit soit hanté par de mauvais génies,
>   Seigneur, j'y consens volontiers.
Mais que du moins mon cœur reste toujours sans tache,
>   Et qu'au sein de l'adversité,
De ce calice d'or nul souffle ne détache
>   L'indépendance et la fierté.

CONSOLATION.

A M. VICTOR HUGO.

Un soir je fus admis sous ton toit, ô poète !
Je m'en souviens encor, c'était un soir d'été.
Mon cœur était ému ; car, dans un tête à tête,
Il fêtait le génie et la célébrité.

13

Toi, tu n'as pas gardé souvenir de ton hôte ;
Mon nom par ton oubli dut être dévoré.
Le monument d'airain peut-il donc tenir note
     De tous ceux qui l'ont admiré ?

Je vis tous tes enfans, ces jeunes têtes blondes
Sur qui tu fais planer tant d'espoir, tant d'amour,
Mélodieux essaim d'oiseaux qui, sur les ondes,
Réjouit ton esquif en voltigeant autour.
Je vis de quel orgueil ton ame était remplie,
Quand tu fis devant moi passer ces fronts charmans ;
Alors tu paraissais, ainsi que Cornélie,
     Dire : « Voilà mes diamans ! »

Au milieu s'élevait une vierge innocente,
Blanche comme le lis, pudique comme lui ;
Mais sur ton horizon cette aube éblouissante
S'est effacée, alors qu'à peine elle avait lui.
La mort, ce déloyal recruteur de la tombe,
Contre qui la jeunesse est un vain bouclier,

Qui laisse le hibou pour prendre la colombe,
    Pouvait-elle donc l'oublier?

Envieuse qu'elle est, elle s'est souvenue
Qu'à la vie, au bonheur, à son lit nuptial
Ta fille souriait : alors elle est venue
L'effeuiller, pauvre fleur, sous son doigt glacial.
Elle te l'a ravie, et, comme une vipère,
Elle a fait dans ton sein filtrer un noir poison,
Léguant un deuil immense à ton amour de père,
    Un vide immense à ta maison.

Moi qui suis père aussi, moi qui d'une jeune ame
Suis d'un œil soucieux les élans, les progrès,
En te voyant acteur dans un si sombre drame,
Oh! que j'ai bien compris tes larmes, tes regrets!
Je disais : « Posséder le bonheur, le génie,
Et perdre tout-à-coup la plus douce moitié
De ce trésor divin, quelle amère ironie!
    Quelle douleur! quelle pitié! »

Que sert d'avoir un front qui dépasse, domine
Et les plus radieux et les plus triomphans?
Que sert d'avoir un nom que la gloire illumine,
Héritage qu'on doit transmettre à ses enfans,
S'il faut qu'on soit aussi couronné de tristesse;
Que, quand notre gaîté cherche à s'épanouir,
Un souvenir poignant la gagne de vitesse,
      Et qu'il l'a fasse évanouir?

Si ce père eût au moins vu sa fille adorée
Dans la nuit du tombeau descendre lentement!
Si son ame de loin eût été préparée
A la voir dans ses bras s'éteindre doucement!
Mais voir en un instant se dépeupler son aire,
Se voir, sans que l'éclair ait sillonné le ciel,
Dans un de ses aiglons frappé par le tonnerre,
      C'est trop d'absinthe, trop de fiel!

Tracez donc sur les flots un pénible sillage!
Faites-vous donc des jours sans brise, sans soleil!

Ayez donc sur le front des rides avant l'âge !
Sur un lit de Procuste oubliez le sommeil !
Écrasez sous vos pieds le vil troupeau de haines
Dont les lèvres voudraient souffler votre flambeau,
Puis allez méditer sur les choses humaines
      Près d'un solitaire tombeau !

.O destin ! ô néant ! homme d'argile, arrière !
Tu nais, tu vis un jour, et puis le lendemain
Que reste-t-il de toi ?... Rien, qu'un peu de poussière
Qu'un enfant pèserait dans le creux de sa main !
Il ne reste de toi qu'une vaine épitaphe
Qu'incruste le ciseau dans un marbre poli,
Et le temps vient après y poser son paraphe,
      Et ce paràphe, c'est l'oubli !

Sais-tu bien ce que c'est que la vie ? — Une lyre
Qui rend un son plaintif et se tait aussitôt ;
Un livre dans lequel personne ne sait lire,
Car il renferme un sens dont la clef est là-haut.

Comme une vision elle touche de l'aile
Le berceau de l'enfant, la couche de l'aïeul,
S'effeuille, et puis renaît triomphante, immortelle
    De la semence du linceul.

Poète, que veux-tu ! — C'est l'arrêt inflexible.
La fortune ici-bas a d'étranges retours.
Ici-bas il n'est pas de cime inaccessible
Aux ailes de la mort, du malheur, deux vautours.
Quand la prospérité nous enlace, nous choie,
C'est l'heure où sous nos toits ils entrent, ces voleurs.
Pour un instant d'ivresse et d'ineffable joie,
    Une éternité de douleurs !

Pleure sur ton enfant, tu le peux sans faiblesse ;
Son précoce cercueil veut des larmes de sang ;
Mais toutefois bénis Dieu, dont la main te laisse
Un assez grand trésor, même en t'appauvrissant.
Regarde à tes côtés ce qui te reste, et sache
Que ta couronne d'or n'a perdu qu'un fleuron.

Quel est l'arbre qui n'ait vu quelquefois la hache
      Oter une branche à son tronc ?

Le Seigneur quelquefois veut qu'on lui sacrifie
Ce qu'on a de plus cher, car c'est un Dieu jaloux ;
Il veut que quelquefois l'homme se purifie
En passant à travers le feu de son courroux.
Quand il éprouve ainsi la trempe de notre ame,
Imitons Abraham, hâtons-nous de marcher ;
Gravissons la montagne, et portons-y la flamme
      Qui doit consumer le bûcher.

Ceux qui sont morts, d'ailleurs, ils sont dignes d'envie :
Ils ont le port après les périls de la mer ;
Et si Dieu leur disait de rentrer dans la vie,
Ils se détourneraient de ce calice amer.
Ne gémissons pas trop sur leur cendre glacée.
Nous sommes les vaincus ; eux, ils sont les vainqueurs ;
Notre plainte serait une plainte insensée,
      Un égoïsme de nos cœurs.

Le vallon d'ici-bas, c'est un vallon funeste ;
La tombe, c'est l'écueil de toutes nos douleurs,
C'est la rive natale où la brise céleste
Efface après l'exil la trace de nos pleurs.
Heureux celui qui voit, du seuil de son enfance,
Le vent de son avril porter ailleurs son nid,
Et dont l'ame s'enfuit, vierge de toute offense,
     Dans l'asile de l'infini !

A MARIE.

Regarde autour de nous! La plaine désolée
Gémit comme une femme auprès d'un mausolée.
La nature a fermé son immense clavier,
Qui dort sous le manteau du nébuleux janvier.

A MARIE.

Un silence de mort règne partout : villages
Qu'on entend au printemps jaser dans les feuillages,
Oiseaux dont la chanson recommence en avril,
Forêts et monts rêvant un soleil plus viril,
Tout pleure la verdure absente ; les arbustes
Laissent tomber leurs fronts dépouillés sur leurs bustes ;
Nulle herbe ne fleurit maintenant, excepté
L'amour que dans mon cœur a semé ta beauté.

UN NOM.

A F. MOREL.

Oui, j'aime aussi la gloire; à ce divin fantôme
J'ai bien souvent offert mon encens de jeune homme.
J'aurais voulu porter un nom qui resplendît
Et qui de bouche en bouche en courant s'agrandît.
Il me semble qu'au front si j'avais une étoile,
J'irais, lorsque la mort me prendra dans sa toile,

Me coucher sans regret sous l'éternel gazon,
Espérant me lever sur un autre horizon
Et rayonner des feux d'une immortelle aurore
Dans la postérité, monde où l'on vit encore
Après qu'on a quitté cette prison de chair
Où notre ame se sent étouffer faute d'air.
L'homme ici-bas a soif de l'existence : il aime
A songer qu'il pourra se survivre à lui-même ;
Il a peur de mourir tout entier, et sa main
Saisit chaque rameau qui pend de l'arbre humain :
Car il veut à tout prix, guerrier, poète, artiste,
Que du moins après lui sa mémoire subsiste.

Un nom !... Laisser un nom qui soit grand, qui soit fort.
C'est le rêve de tous, et tous avec effort
S'élancent vers ce but, comme l'oiseau s'élance
Dans les plaines de l'air où son vol se balance ;
On caresse l'espoir d'être un jour abrité
Sous les ailes de feu de la célébrité,
Et pourtant, pour atteindre à cette cime ardue,
Que d'huile il faut verser dans sa lampe assidue !

Pour avoir sa colonne ou de marbre ou d'airain,

Que de sueur il faut suer, que de terrain

Il faut ensemencer, que de fois sous les armes,

Soldat, il faut veiller au milieu des alarmes !

Demandez à tous ceux qui se sont illustrés

A quel prix dans la gloire un jour ils sont entrés,

Ce qu'on leur a jeté de haine, d'ironie,

Pour leur faire expier le crime du génie ;

Ce qu'il leur a fallu de veilles, de travaux,

Pour pouvoir imposer silence à leurs rivaux.

Chateaubriand des Grecs, mélodieux Homère,

Camoëns, Tasse, et vous tous que l'histoire énumère,

Alexandre, César, et vous, Napoléon,

Dites-nous ce que c'est qu'avoir son Panthéon.

Ces hommes dont les noms, retenus dès l'école,

Nous font rêver d'Ipsus, de Pharsale, d'Arcole,

Si Dieu les ramenait à leur point de départ,

Nul d'entre eux qu'on ne vît répudier sa part

De ces vaines clameurs et de cette fumée

Q'on décore d'un nom pompeux... la renommée ;

Nul qui ne préférât un moins glorieux sort

Au bruit que fait un nom, dès qu'il prend son essor.

Je ne veux plus songer à la gloire. Qu'importe
Qu'à mes yeux elle entr'ouvre en souriant sa porte?
Que mon nom soit obscur, et que je vive en paix,
De même que l'oiseau, sous un feuillage épais,
Près des ruisseaux plaintifs où le soleil se mire,
Tournant le dos à tout ce que la foule admire,
Fermant l'oreille au bruit des choses du dehors,
Comme si j'habitais dans la cité des morts;
Oui, que je vive en paix! Pour moi, pauvre poète,
C'est assez; qu'on me laisse, ainsi que l'alouette,
Bâtir mon humble nid au bord d'un frais sillon,
Où je puisse chanter à côté du grillon;
Et, du fond de mon champ tout verdoyant de seigle,
Je me rirai du vol audacieux de l'aigle.

A UN ENFANT.

Je ne sais ce que j'ai, je suis triste aujourd'hui ;
Aujourd'hui nul soleil dans mon ame n'a lui.
Le sommeil, cette nuit, n'a point hanté ma couche,
Et la coupe où je bois est amère à ma bouche.

Mon front s'est revêtu d'une sombre pâleur ;
On dirait qu'un corbeau, messager de malheur,
Ait passé sur mon toit ; je sens que ma pensée
Est lourde comme si son aile était cassée.
D'où vient donc que mon cœur se plaint d'être orphelin,
Lui qui de joie hier était encor tout plein ?
C'est qu'hier je voyais dans mon chemin de fange
Sourire à mes côtés ton gai visage d'ange,
Et qu'aujourd'hui je suis comme l'arbre en hiver,
Attendant le retour de mon feuillage vert.

A Mlle J. D.

Il faut à la prairie un ruisseau qui l'arrose,
A l'arbre un nid qui chante, un parfum à la rose ;
Il faut au vert feuillage un souffle caressant
Qui le fasse onduler sur le front du passant ;
Il faut à la montagne une abeille joyeuse
Qui vole sur ses flancs du tronc creux d'une yeuse ;

Au champ il faut un soc qui lui donne un sillon ;
A l'herbe en fleur des prés il faut un papillon ;
A l'oiseau qu'on entend frétiller dans la haie
Il faut un chaud rayon de soleil qui l'égaie ;
Au lac tranquille il faut un cygne voyageant
Sur la limpidité de son miroir d'argent ;
Il faut à la nuit sombre un astre solitaire
Qui se penche sur elle et sourie à la terre.

Que faut-il à la femme ? — Un front beau de pudeur,
Un cœur ensemencé d'amour et de candeur.

L'HIVER.

Adieu les bois touffus où vont s'asseoir à l'ombre
Les amans dont les cœurs vivent entrelacés !
Adieu l'horizon bleu ! — L'hiver, ce vieillard sombre,
  Nous touche de ses doigts glacés.

Regardez la colline ! — Elle est triste, morose...
L'abeille ne va plus bourdonner sur son flanc,
Et sur les buissons, veufs du parfum de la rose,
    Le givre étend son manteau blanc.

Le vent fait sur les toits crier les girouettes ;
Le sol de tous côtés se jonche de débris ;
De sillon en sillon on voit les alouettes
    Errer plaintives, sans abris.

C'est ainsi qu'ici-bas toute chose a son terme,
Que tout marche au tombeau, cet éternel vainqueur,
La fleur de la vallée et l'amour, grain qui germe
    Dans les solitudes du cœur.

Que l'hiver est lugubre ! Il enveloppe l'ame
De son large réseau de neige et de glaçons ;
Cette ame sous son aile est un foyer sans flamme,
    Un nid sans joie et sans chansons.

Le soir de notre vie est plus lugubre encore
Que le soir de l'année : il assoupit en nous
Tout, jusqu'à l'espérance, intérieure aurore
    Dont chaque rayon est si doux.

Arbres qui maintenant pleurez votre ramure,
Diadème qu'avril pose sur votre front,
La brise reviendra redonner leur murmure
    A vos rameaux qui renaîtront.

Vallons qui regrettez l'émail de vos pelouses,
Vous reprendrez un jour vos odorans berceaux;
Vous reverrez un jour les génisses jalouses
    Jouer au bord de vos ruisseaux.

Vous ressusciterez, vous, du moins. Les années
Dans un cercle de fleurs ramèneront vos jours.
Nous, quand nous veillissons, têtes découronnées,
    C'est pour longtemps, c'est pour toujours.

Vieillir en s'éloignant de tout ce que l'on aime,
Sans espoir de revoir luire encore un matin;
S'engouffrer dans la nuit, c'est donc la loi suprême!
　　C'est donc l'inflexible destin!

O jeunesse envolée aînsi qu'une hirondelle!
Toi qui t'es fait un jeu de glisser dans mes doigts,
Ne reviendras-tu plus me faire sous ton aile
　　Palpiter encore une fois?

Ne dois-je plus brûler de cette douce fièvre
Qui m'enivrait jadis de tant de volupté?
Ne dois-je plus sentir s'épancher sur ma lèvre
　　Le miel de mes songes d'été?

Est-il vrai que mon cœur soit une herbe jaunie
Qui n'attirera plus l'essaim des papillons;
Qu'il soit un luth brisé chantant son agonie
　　Sous le souffle des aquilons?

Si je pouvais revoir le ciel de mon jeune âge,
Que d'astres si brillans jadis j'ai parsemé!
Ah! si je pouvais faire un saint pèlerinage
    Jusqu'à mon printemps parfumé!

Que de fleurs en passant mes mains ont oubliées,
Et dont mon front pourtant aurait pu se parer!
Que d'oiseaux qui dormaient les ailes repliées
    Et dont je n'ai pu m'emparer!

Que ne peut-on renaître une fois à la vie
Et lancer de nouveau son ballon dans les airs!
Revenir au début de la route suivie,
    Reprendre son vol à travers,

A travers cet espace aérien qu'on nomme
Jeunesse, illusions, où des sylphes charmans
Sur leurs ailes d'azur portent l'ame de l'homme
    De firmamens en firmamens!

Que demandé-je au temps par qui tout se déflore?

Le temps, le temps jamais sur ses pas ne revient.

Notre ame, pour jouir, n'a qu'une courte aurore;

Puis, le soir elle se souvient...

A UN RICHE.

Jeune homme, le Seigneur t'a donné l'opulence ;
La fortune a vers toi fait pencher sa balance.
Tout l'or que dans ce monde on désire est tombé
Dans ta main, et jamais tu ne t'es embourbé
Dans les nécessités d'une existence étroite.
La voie où ton char roule est spacieuse et droite ;
Ni pente, ni cailloux ne la font osciller :
Si bien que vers ton but tu vas sans sourciller.

L'abondance est chez toi : ta demeure regorge
De fruits, de vins exquis, de pur froment et d'orge ;
Tu possèdes des champs immenses, des maisons
Qu'on voit sourire au bout de tous les horizons.
Des forêts, des taillis que le gibier encombre
Te donnent en été leur fraîcheur et leur ombre ;
Tes parcs, où l'on respire un air délicieux,
Feraient envie au roi, tant ils sont gracieux.
Tes jardins, pleins d'eau fraîche où le cygne se mire,
Exhalent des parfums de jasmin et de myrrhe ;
Mille objets curieux, œufs que l'artiste pond,
Porcelaine de Chine et vases du Japon,
Tableaux, riches tapis d'Aubusson, statuettes,
Œuvres graves donnant la main à des bluettes,
Décorent tes châteaux, où sont échelonnés
Des serviteurs nombreux et bien disciplinés,
Dont l'essaim à travers tes corridors bourdonne,
Et recueille, attentif, les ordres qu'on lui donne.
La ville et la campagne offrent à ton loisir
Leurs agrémens divers ; ta main n'a qu'à choisir.
Aujourd'hui citadin, demain homme rustique,
Tu peux multiplier ton bonheur domestique ;

Un avare compas ne t'a point mesuré
Un espace où, vivant, tu serais enterré;
Ta vie est une fleur pleine de poésie.
De voyager au loin te prend-il fantaisie?
Libre à toi de le faire. Avec ton coffre-fort
Tu te ris du besoin, dont le câble est si fort.
Rien n'arrête ton pied, rien ne le paralyse;
Pas un de tes désirs qui ne se réalise;
Tu peux aborder même un rivage inconnu:
Le riche est en tout lieu toujours le bien-venu.
Tu peux, amant des arts, visiter l'Italie,
Où tant de gloire à tant d'infortune s'allie;
Visiter l'Orient, pays mélodieux,
Poétique berceau des héros et des dieux,
Où, par le laminoir de ses métamorphoses,
Le temps a fait passer tant d'hommes, tant de choses;
Tout t'est possible, à toi; car l'argent dans tes mains
Afflue, et cette clef ouvre tous les chemins.

Jeune homme, cependant, de cette clef puissante
Ne va pas abuser; la pente est si glissante!

Si la prospérité dans ta voile a soufflé,

De ce jeu du hasard garde-toi d'être enflé.

Jouis, mais crains l'excès contraire à l'avarice,

Crains qu'un jour de ton or la source ne tarisse ;

La fortune souvent rompt avec ses élus ;

Comme la mer, elle a son flux et son reflux.

La prodigalité, c'est une flamme ardente

Qui fait de la richesse une neige fondante.

Prends-y garde! Aujourd'hui, pour marcher le front haut,

Ce n'est pas de l'honneur, c'est de l'argent qu'il faut.

Quiconque est aujourd'hui convaincu de misère,

Fût-il homme de cœur, il n'est qu'un pauvre hère.

Par l'amitié souvent même il est renié.

C'est un bouc émissaire, un excommunié.

A MARIE.

Sais-tu dans quel moment je suis le plus heureux ?
— Ce n'est point quand l'oiseau revient, furtif, peureux,
Sur les ailes d'avril nicher dans ma croisée ;
Ce n'est point quand j'entends dans la plaine boisée,
Sous le vent printannier, les feuilles des bouleaux
Frémir et s'agiter ainsi que des grelots ;

Ce n'est point quand, l'été, les abeilles par troupes

S'abattent sur les fleurs qui leur tendent leurs coupes ;

Ce n'est point quand je vois sur le coteau voisin

Le vendangeur qui chante en cueillant le raisin ;

Ce n'est point, ce n'est point lorsque la poésie

Me verse en souriant son plus pur malvoisie,

Et que, des régions où je suis transporté,

J'entonne un chant de gloire, un chant de liberté.

Non !... C'est quand tu me dis, de ta voix amoureuse :

« Si je ne t'aimais pas, je serais plus heureuse. »

RÊVE.

Que ne suis-je donc né dans ces temps héroïques
    Où l'épée était en honneur,
Où l'homme à des calculs froidement prosaïques
    Ne demandait pas le bonheur !

Oh! que j'aurais aimé le tumulte des armes,
    Le feu des bataillons carrés !
Que j'aurais voulu vivre au milieu des alarmes,
    Sous de vieux drapeaux lacérés !

Que j'aurais été fier de suivre une bannière ,
       Hussard, chasseur ou bien lancier,
Et de voir sous ma main ondoyer la crinière
       D'un rapide et vaillant coursier

Qui m'aurait emporté , la narine enflammée ,
       Les reins souples et frissonnans ,
Au fort de la mêlée , où des flots de fumée
       Noircissent les canons tonnans ;

Où l'on entend rugir la bataille , tigresse
       Qui prend cavaliers , fantassins ,
Les couche sur le flanc , puis s'abreuve et s'engraisse
       Du sang qui coule de leurs seins !

J'aurais aimé brandir un sabre dont la lame
       Aurait relui comme un soleil ,
Et la diane aurait électrisé mon ame ,
       Quand elle sonne le réveil.

Que ce doit être beau, de voir sous la mitraille
  Les régimens se disloquer!
De voir planter l'échelle au front d'une muraille,
  De voir les fusils se choquer !

Que ce doit être beau, de voir dans une plaine
  Tant d'hommes et tant de chevaux,
Tant d'épaulettes d'or, et d'argent et de laine
  Tournant comme sur des pivots ;

De voir tant d'étendards dont les cravates jouent
  Avec le vent qui, les berçant,
Les emporte au-devant des balles qui les trouent
  Et les inclinent dans le sang !

Si j'eusse été soldat, j'aurais aimé la gloire,
  Et j'aurais voulu que mon nom
Valût à lui tout seul, pour fixer la victoire,
  Autant que cent coups de canon.

RÈVE.

Mon cœur aurait battu sous l'étoile des braves,
  Et, par des actions d'éclat,
De la hiérarchie éludant les entraves,
  J'aurais eu le généralat.

Mais tel n'a point été mon destin ; j'ai dû suivre,
  Suivre de plus calmes chemins,
Et le sort a voulu qu'au lieu d'un glaive, un livre
  Échût en partage à mes mains.

Eh qu'importe ! Penser, se servir de la plume,
  N'est-ce donc pas être guerrier ?
Dans l'étude, où l'on sent que tout son sang s'allume,
  Ne peut-on cueillir un laurier ?

SISYPHE.

Oh! que les temps sont durs pour l'homme sérieux
Qui taille nuit et jour le bloc de sa pensée!
Avant l'âge prescrit sa face est crevassée,
L'étude a raboté son front laborieux.

Son sang comme du feu dans ses veines circule ;
Comme un autre Sisyphe, il roule son rocher ;
Il monte, et quand au but il est près de toucher,
Voilà que tout-à-coup son pied glisse et recule.

Le monde, en le voyant inondé de sueur,
Ne lui tend pas la main, ne lui dit pas : « Courage ! »
Et bientôt l'espérance, au milieu de l'orage,
Fait briller à ses yeux sa dernière lueur.

Cependant il avait, l'artiste, le poète,
Il avait quelque chose au front, comme Chénier.
Qu'importe ? Il faudra bien qu'un jour, dans son panier,
Le monde, ce bourreau, fasse rouler sa tête.

Après un temps d'arrêt, on le voit, haletant,
Recommencer encor sa tâche qui le tue,
Et, sans avoir dressé devant lui sa statue,
Intrépide soldat, il meurt en combattant.

Il meurt, et tout est dit. Nul ne sait sur la terre
Qu'un astre s'est éteint un soir sur l'horizon,
Nul ne sait ce qu'a bu d'absinthe, de poison
Cette cendre qui fut une existence austère.

Nul ne sait que ce cœur à demi-consumé
Que le ver, ce vautour du sépulcre, dévore,
Mûrissait en secret pour la gloire; on ignore
De quel divin encens il s'était parfumé.

Oh! plusieurs, voyez-vous, sont morts qui devaient vivre,
Le front ceint d'un laurier, dans notre souvenir;
Qui devaient éveiller l'écho de l'avenir,
Que la gloire devait inscrire sur son livre.

Ils ont été par nous méconnus, incompris;
Vers eux nous n'avons point eu d'élans sympathiques,
Et nous avons frappé ces ames athlétiques
De l'ostracisme amer de notre froid mépris.

A force de dédain, à force d'ironie,
Nous les avons forcés à penser en secret ;
Nous les avons tenus comme en un lazaret :
Si bien qu'ils ont douté de leur propre génie.

Comme nul ici-bas ne leur a fait accueil,
Ils n'ont point accompli leur sacré ministère,
Et le mot qu'ils avaient à dire sur la terre
Sommeille dans leur sein, au fond de leur cercueil.

SUR UN TOMBEAU.

À A. MONGET.

Ami, voici deux ans que pleure sur ta cendre
Le saule échevelé que mes mains ont planté !
Deux ans ! Tout rayonnant de la sérénité
Que donne la jeunesse, il te fallut descendre
    Le fleuve de l'éternité !

Depuis que tu n'es plus, et que dans son enceinte
La terre t'a reçu, t'étreignant dans un pli
De son large manteau, ne crois pas que l'oubli
Ait pris ce que pour toi j'avais d'amitié sainte,
    Ou que le temps l'ait affaibli.

Cette amitié, dont rien n'a fait pâlir la flamme,
Je l'ai pieusement, comme une lampe d'or,
Suspendue au sépulcre où ta poussière dort,
Gardant ton souvenir dans un coin de mon ame
    Comme l'avare son trésor.

A l'heure où le jour fuit, sur ta tombe fermée,
Solitaire et rêveur souvent allant m'asseoir,
J'ai laissé de mon cœur comme d'un encensoir
S'exhaler mes regrets, encens dont la fumée
    S'envolait sur l'aile du soir.

Car tu n'es pas de ceux dont l'existence passe
Sans que leur nom jamais éveille un seul écho,
Ou laisse plus de trace ici-bas que l'oiseau
N'en laisse en voltigeant dans les champs de l'espace,
　　Le navire en glissant sur l'eau.

Je me souviens des jours où nos ames jumelles
Avaient le même élan, rendaient le même son,
Comme deux harpes d'or jouant à l'unisson;
Où les mêmes désirs palpitant sous leurs ailes
　　Nous donnaient le même frisson;

Où nous nous choisissions la même solitude,
Pour causer d'avenir en nous donnant la main;
Où nous nous avancions par le même chemin,
Confiant chaque jour aux sillons de l'étude
　　Notre moisson du lendemain.

Et puis, je me souviens qu'entre nous un abîme
S'ouvrit, et que, perdant la trace de tes pas,
Je dis, en te voyant dans l'ombre du trépas :
« Votre raison, Seigneur, est profonde, est sublime :
      La mienne ne la comprend pas. »

Ta vie, ainsi qu'un fruit trop mûr, s'est détachée
Quand elle était à peine à son riant matin ;
Et tes doigts ont laissé, par un amer destin,
Quand à peine ta soif s'en était approchée,
      Tomber la coupe du festin.

Oui, la mort, bien avant le milieu de ta course,
T'atteignit comme un rude et diligent marcheur,
Et tu tombas. Ainsi tombe aux pieds du faucheur
L'herbe la plus fleurie ; ainsi tarit la source
      Où Dieu mit le plus de fraîcheur.

Mais avant de quitter les sentiers de la terre,
Avant de leur jeter ton éternel adieu,
Avant de t'effeuiller sous le souffle de Dieu,
Il te fallut passer par le brûlant cratère
    D'une couche pleine de feu.

Cette couche pour toi fut un champ de bataille
Où longtemps tu luttas dans un suprême effort.
Impuissante vaillance!... En combattant la mort,
Bien qu'il sente grandir et son cœur et sa taille,
    L'homme est-il jamais le plus fort?

Au moment où vers toi, béante, inassouvie,
La tombe s'avançait, le front ceint d'un cyprès,
A combien de tourmens intérieurs, secrets,
Ne fus-tu pas en proie en voyant fuir la vie
    Où tu laissais tant des regrets!

La vie où tu laissais toutes ces espérances
Qu'on voit, quand de jeunesse on est tout palpitant,
Passer devant ses yeux, nuages bleus flottant
Sur de frais horizons dont les circonférences
      S'agrandissent à chaque instant ;

Où tu laissais autour de ta lente agonie
Tant de cœurs épanchant l'urne de leurs douleurs,
Tant d'êtres qui faisaient, en t'arrosant de pleurs,
Brûler avec amour sur ta chaude insomnie
      D'inutiles parfums de fleurs ;

Où tu laissais, hélas ! tout ce qui nous enchante,
Tout ce qui nous séduit, tout ce que nous aimons,
Tout ce qui doucement agite nos poumons,
La verdure, les bois et la brise qui chante
      Le soir en descendant des monts ;

Où tu ne devais plus entendre le murmure

Du ruisseau tortueux dont le flot argenté

Rampe comme un serpent sur le dos velouté

Des prés en fleur, et qui reluit comme une armure

Aux rayons d'un soleil d'été ;

Où tu ne devais plus respirer cet arome

Qui des lèvres de Dieu partout s'est répandu,

Ni sourire à ce ciel, livre où l'œil éperdu

Lit le nom de celui qui, sur le front de l'homme,

Comme un dôme l'a suspendu !

Dans les bras de la mort, ta pâle fiancée,

Que fais-tu maintenant, — réponds, ô mon ami ! —

Sur le froid oreiller où tu t'es endormi,

Où tu n'entends marcher sur ta tête glacée

Que le grillon et la fourmi ?

Oh ! que ton cœur si plein de généreuse sève
Doit battre mal à l'aise au fond de ce séjour,
Prison où ne rit point le doux éclat du jour,
Nuit qui n'a point de ciel où l'étoile se lève,
       Point de parfums et point d'amour.

Mais que dis-je ? Et pourquoi me pencher sur ta tombe
Dont j'interroge en vain l'écho silencieux ?
Ne te fallait-il pas un champ plus spacieux,
Et ton ame, prenant l'aile de la colombe,
       N'est-elle pas montée aux cieux ?

Non, non; ne cherchons point sous un marbre insensible,
Ne cherchons point celui dont nous portons le deuil.
Il est doux de songer que, vainqueur du cercueil,
Il habite une sphère immense, inaccessible
       A la faiblesse de notre œil;

Il est doux de songer que, par-delà ce monde,

Nos rêves d'ici-bas ont leur réalité,

Et qu'un jour, dépouillé de sa fragilité,

L'homme nage, au sortir d'une enveloppe immonde,

    Dans des flots d'immortalité.

PATRIE.

S'il est un mot qui doive exciter dans notre ame
Un saint tressaillement, un filial amour,
C'est le mot de PATRIE, un mot que chaque jour
Devrait à son enfant répéter chaque femme.
La patrie est le sol qui vit notre berceau
(Qu'il fût dans un palais ou dans une chaumière),
Où nous avons ouvert les yeux à la lumière
  Et fait rouler notre cerceau.

16

La patrie est le sol où, jeunes, nous sentîmes
Les premiers battemens d'un cœur qui s'éveillait;
Où ce cœur, livre d'or, vit son premier feuillet
S'emplir de mots d'amour, mystérieux, intimes;
C'est l'immense foyer où ceux qui, par le nom,
Le langage, les mœurs et les traits nous ressemblent,
Où ceux que nous aimons se groupent, se rassemblent,
     Anneaux d'un seul vaste chaînon.

C'est là que nous prenons toutes nos accroissances
Et qu'en devenant grands nous versons tous nos pleurs;
C'est là que notre main cueille toutes ses fleurs;
C'est là que nous goûtons toutes nos jouissances;
Enfin c'est là qu'au bord des ruisseaux murmurans,
Dans un coin solitaire, à l'ombre des vieux hêtres,
Dorment à nos côtés les os de nos ancêtres,
     De nos amis, de nos parents.

C'est là que nous rêvons tant d'ineffables rêves
Qui nous font palpiter sous leurs ailes de feu,

Qui voltigent sur nous dans un nuage bleu
Et chantent comme un flot amoureux sur les grèves ;
C'est là qu'à chaque pas trouvant un souvenir,
Un regret, un espoir, nous marchons vers la tombe
Rattachant au présent, fleur qui s'effeuille et tombe,
  Notre passé, notre avenir.

Quand rien ne vient troubler le limpide bien-être
Que nous goûtons autour du foyer paternel,
Nous croyons ce bien-être immuable, éternel,
Indépendant du sol où Dieu nous a fait naître.
Nous nous disons qu'ailleurs nous trouverions aussi
Ce tranquille bonheur de la rive natale,
Que les peuples n'ont point de barrière fatale...
  Pourtant, il n'en est point ainsi.

Quand nous sommes forcés de fuir loin de tes fleuves,
Quand le vent de l'exil souffle en passant sur nous,
Patrie, oh ! c'est alors qu'on nous voit à genoux
Épeler ton doux nom, et que nos ames veuves

Sont à ton souvenir tristes jusqu'à la mort;
C'est alors que, pleurant une terre adorée,
Nos regards sont tournés vers toi, douce contrée,
    Comme l'aiguille vers le nord.

Enlaçons-nous autour de cet arbre qui donne
A notre faim des fruits pleins de tant de saveur;
Embrassons cet autel, palpitans de ferveur;
Que notre amour sans cesse autour de lui bourdonne.
Aimons notre patrie, en songeant que son sein
Nous nourrit de son lait, de son sang, de sa moëlle,
Et que jamais nos mains n'aillent tourner contre elle
    La pointe d'un glaive assassin.

A MARIE.

Si j'avais, si j'avais les ailes du condor,
Du rapide épervier ou du nuage d'or,
Je voudrais t'emporter, ma jeune et douce amante,
Dans la vague des airs que l'éclair diamante.

Dans une nef d'azur nous nous approcherions
Des étoiles, tes sœurs, et là nous chercherions
Un cap aérien, paisible, solitaire,
Où, parfumés d'amour, nous oublierions la terre.

DÉCOURAGEMENT.

Je suis las de la vie... elle est si monotone !...
Le dégoût, comme une hydre, y renaît chaque jour...
Comme vous emportez les feuilles en automne,
O vents ! emportez-moi dans l'éternel séjour ;

Couchez-moi, couchez-moi dans l'oubli de la tombe.
Je suis jeune, et pourtant j'ai vécu trop longtemps ;
Que demain le premier rayon du soleil tombe
     Sur mes os encor palpitans.

O vents ! prenez les jours qui me restent à vivre ;
Avant d'en avoir pu jouir, j'en suis repu.
Mon doigt indifférent à vos ailes les livre,
Ils seraient pour ma lèvre un parfum corrompu.
Quand je serais chargé d'une gerbe d'années,
Que saurais-je de plus ? Mon œil a tout scruté ;
Toutes les questions, je les ai retournées,
     Et le doute seul m'est resté.

Plus d'une fois la nuit, lorsque les astres blêmes
S'allument pour guider les pas du voyageur,
Pour rechercher le vrai, jusqu'au fond des problêmes
Je me suis élancé, comme un hardi plongeur.
Je n'en ai rapporté qu'une matière immonde ;
La perle s'est toujours cachée au fond de l'eau,

Et j'ai compris que Dieu ne nous fait en ce monde
    Voir qu'un des coins du grand tableau.

J'ai fouillé le vieux sol de la sagesse humaine,
Les Livres sybillins, Pythagore, Platon,
Athènes, et Memphis, et la cité romaine,
Thalès, Confucius, et Leibnitz, et Newton.
Après avoir marché longtemps dans les ténèbres,
Je n'en ai vu jaillir que quelques vérités,
Et j'ai tourné le dos aux doctrines célèbres,
    Aux systèmes les plus vantés.

Maintenant, mon esprit, tombant de lassitude
Auprès du bloc d'airain qu'en vain il remuait,
Demande une éternelle et douce solitude :
Il aspire au repos du sépulcre muet.
Ouvrez-vous devant lui, portes d'une autre vie
Où l'homme à son grand tout se trouve réuni,
Où Dieu se manifeste à son ame ravie
    Dans les splendeurs de l'infini.

Mourir!... Eh! qui me dit que mourir c'est renaître,
Que c'est voir sur son front briller des jours meilleurs?
Qui me dit qu'ici-bas à la loi de mon être
Je n'ai point satisfait pleinement, et qu'ailleurs,
Qu'ailleurs doit s'accomplir ma tâche inachevée;
Qu'ailleurs l'échelle encore a plus d'un échelon,
Et que j'y dois poser sur l'île tant rêvée
      Mon pied, comme un autre Colomb?

Et voilà donc quel est le partage des hommes!
Errer d'un doute à l'autre et tourner à tout vent.
Et voilà donc comment, sur ce globe où nous sommes,
Nous n'osons reculer ni marcher en avant!
L'incertitude autour de nous dresse son piège:
Elle y fait trébucher notre ame, l'y retient,
Et sur cet océan nous flottons comme un liège
      Flotte sur l'eau qui le soutient.

Éclore dans la vie, et ramper sur la terre
Comme l'insecte vil rampe sur l'arbrisseau;

Respirer à toute heure un souffle délétère,
Redouter ton cercueil, regretter ton berceau,
Tisser de beaux projets, toiles de Pénélope,
Que tu défais ensuite, et, du soir au matin,
Chercher à dissiper l'ombre qui t'enveloppe,
  Homme, tel est donc ton destin!

T'abreuver à longs traits, insoucieux, crédule,
Dans le calice d'or de tes rêves d'amour ;
Croire à l'éternité des chansons que module
Ton cœur, naïf oiseau qui doit se taire un jour;
Admirer l'incarnat des roses que tu cueilles,
Et l'épi mûrissant qui rit au laboureur,
Et rester insensible à la chute des feuilles,
  Homme, telle est donc ton erreur!

Non, je ne veux plus croire à rien; mon ame est pleine
De désillusion, de désenchantement;
La brebis au buisson laisse sa blanche laine :
Moi, je laisse ma vie au découragement.

A l'ombre du vallon, près d'une source pure,
Qu'on me creuse le lit qui doit garder mes os,
Et que l'éternité, fleuve sans embouchure,
     M'emporte au courant de ses eaux !

CAPRICE.

Qui peut donc de ton front naguère si joyeux
  Exiler la gaîté folâtre?
Qui peut donc l'empêcher de briller dans tes yeux
  Comme le feu brille dans l'âtre?

Pourquoi ne pas laisser tes chagrins, tes soucis
      Tomber dans l'urne de mon ame?
Si j'en avais ma part, ils seraient adoucis,
      Et cette part, je la réclame.

Oui, je veux partager tout ce qui dans tes jours
      Peut s'infiltrer d'inquiétudes,
M'enchaîner aujourd'hui, demain et pour toujours
      A toutes tes vicissitudes.

N'ai-je donc pas le droit d'épouser tes tourmens,
      Et tes craintes et tes alarmes?
Pourquoi me refuser ces doux épanchemens
      Qui sèchent si vite les larmes?

Par d'injustes soupçons ton cœur est-il troublé?
      Crains-tu donc que mon cœur ne change,
Que mon amour ne soit comme le grain de blé
      Que le vent chasse de la grange?

Crains-tu donc?... Mais c'était un caprice d'enfant;
　　　Son front déjà n'est plus morose;
La voilà gracieuse et vive comme un faon,
　　　Et le cyprès se change en rose.

L'ÉVANGILE.

A M. L'ABBÉ LOUVOT.

Le livre qu'entre tous j'aime, c'est l'Évangile
Que le Christ a rempli de son souffle divin,
Où l'homme raffermit sa chair, vase d'argile,
Où l'on trouve le sel, le froment et le vin.
Souvent, au sein des nuits, alors que toute lampe
S'est éteinte au chevet du penseur qui s'endort,
La mienne veille encore, et ma lèvre se trempe
    Au miel de cette coupe d'or.

Des dégoûts d'ici-bas lorsque mon ame est ivre,
Souvent, par une intime et douce attraction,
Malgré moi je me sens entraîné vers ce livre,
Où je puise l'espoir, la consolation.
Heureux le voyageur haletant qui s'approche
De cette Siloë, s'il la trouve en chemin !
Heureux qui du flot pur qui sort de cette roche
    Peut remplir le creux de sa main !

Oh ! le Christ, voyez-vous, c'est le docteur sublime,
C'est le législateur de notre humanité.
Les ans sur sa doctrine useront tous leur lime :
Ce grand semeur a pris pour champ l'éternité.
C'est du ciel qu'il a fait descendre sa semence.
Lui-même il a daigné remuer le terrain,
Et c'est aussi pourquoi son édifice immense
    Est un édifice d'airain.

Sa voix, retentissant jusqu'au fond des entrailles
Du vieux monde païen, l'ébranle tout entier ;

Des temples des dieux morts il rase les murailles,
Et pile, Dieu vivant, ces dieux dans son mortier.
De leur culte insensé, dont la base vacille,
Il s'approche et l'éteint comme un pâle flambeau ;
Comme le moissonneur il passe, et sa faucille
      En coupe le dernier lambeau.

Pour sceller sa doctrine, il va jusqu'à répandre
Tout le flot de son sang : il meurt sur une croix!
Et de ce glorieux gibet il peut entendre
L'univers s'écriant : « Oui ! maintenant je crois ! »
Sa parole féconde a créé d'autres sphères
A la pensée humaine ; il est la vérité
Celui qui vint nous dire à tous : « Vous êtes frères,
      Sauvez-vous par la charité. »

Il est la vérité, la vie ; il est la voie ;
Du temple il est la base, il en est le pilier.
Il luit comme un soleil ; l'homme, pour qu'il le voie,
Dans le fond de son cœur n'a qu'à se replier.

Il est la source d'eau qui coule et qui murmure
Dans l'ame du vieillard, dans celle de l'enfant,
Qui réjouit tout âge ; enfin il est l'armure
　　　　Il est le glaive qui défend.

Il est l'aube qui rit au front de la colline
Et dont la voix joyeuse éveille le pasteur,
La fleur qui penche au bord de l'onde cristalline
Son calice d'où tombe une chaste senteur.
Il est l'arbre touffu dont l'ombre tutélaire
Délasse et rafraîchit le voyageur poudreux ;
Il est le disque d'or de l'étoile polaire
　　　　Qui blanchit ses soirs ténébreux.

Et pourtant, ô Jésus ! dans nos cœurs ta morale
S'écroule comme un pan de vieux mur délabré ;
La foi de tous côtés agonise, elle râle ;
C'est un luth qui se tait après avoir vibré.
Comme le vent d'automne enlève à la corolle
De la fleur des vallons son plus suave encens,

De même le temps semble ôter à ta parole
    La puissance de ses accens.

Tes autels sont déserts, ton champ est en jachères :
De l'arbre de la croix nul ne veut s'approcher ;
Et les prêtres ont beau s'élancer dans leurs chaires,
Ils ne font point jaillir l'eau vive du rocher.
Le monde de ta loi rejette la pratique :
Ses regards aujourd'hui sont occupés ailleurs ;
Il lui tourne le dos, et ce saint viatique
    Est la pâture des railleurs.

Des railleurs ! qu'ai-je dit ? — Aujourd'hui, nul ne raille ;
On est sourd et muet, on ne croit plus à rien ;
Même on ne songe plus, pour miner la muraille,
A recourir à toi, rire voltairien.
Non, non, la foi n'a plus d'écho dans notre France,
Et l'Église du Christ y craque à tout moment ;
Sur l'esprit d'examen l'esprit d'indifférence
    A poussé son flot écumant.

Ta doctrine, Jésus, que longtemps on crut vraie,
Ne l'est-elle donc plus ? Aurait-elle changé ?
Ce qui fut le bon grain, est-ce aujourd'hui l'ivraie ?
Et le plomb avec l'or s'est-il donc mélangé ?
Non, tu n'as pas changé ; c'est l'homme qui déserte
Tes préceptes divins, dont il semble repu ;
Qui pose devant eux, comme un rocher inerte,
    Son cœur, fruit sec et corrompu.

Avides, sensuels, nous avons coupé l'isthme
Qui nous joignait à toi ; nous avons mis la mer
Entre ton Évangile et ce vil égoïsme
Qui rouille notre cœur, qu'il ronge comme un ver.
On nous verra pourtant dans le lit des croyances
Rentrer, car l'athéisme est un poison mortel :
Nous irons, vase d'or, te prendre par les anses
    Pour te reporter sur l'autel.

Car les penseurs profonds qui dans la solitude
Ont, depuis ta venue, avidement cherché,

En portant devant eux le flambeau de l'étude,
Ce que Dieu dans le sein des choses a caché,
Qu'ont-ils dit, qu'ont-ils fait? A tous leurs creux systèmes
Ont-ils donc pu trouver une solution?
Ils ont, de plus en plus embrouillant leurs problêmes,
      Augmenté la confusion.

Quand nous serons bien las de marcher sur le sable
De l'incrédulité, sol froid, marécageux,
Voyant que le bonheur nous fuit, insaisissable,
Nous passerons au doute, au doute nuageux,
Et puis nous reviendrons, de souffrance en souffrance,
A la foi, rive heureuse où la fraternité
Autour des mêmes droits, de la même espérance
      Rassemblera l'humanité.

CANZONE.

A MARIE.

Comment ne pas t'aimer, quand ta bouche angélique
Ne me parle jamais qu'un langage d'amour,
Et quand sur mes genoux, à toute heure du jour,
Je te vois reposer ton front mélancolique?
        — Comment ne pas t'aimer?

CANZONE.

Comment ne pas t'aimer, alors que tu te penches
Pour verser dans mon cœur tout le flot de ton cœur,
Et que sous ton regard caressant et vainqueur
Tu me retiens captif, tes deux bras sur mes hanches?
      — Comment ne pas t'aimer?

Comment ne pas t'aimer, toi qui, jeune et jolie,
Ne souris qu'aux plaisirs paisibles du foyer;
Qui, pudique, jamais ne laisses ondoyer
Ta chaste chevelure au vent de la folie?
      — Comment ne pas t'aimer?

Comment ne pas t'aimer? Dans tes yeux de gazelle
De ton ame je lis la céleste candeur;
J'aspire autour de toi cette suave odeur
Que ta douce vertu fait tomber de son aile.
      — Comment ne pas t'aimer?

Comment ne pas t'aimer, ô ma blanche colombe!

Toi dont le dévouement s'attache à tous mes pas,
Et qui, m'aimant encor même après mon trépas,
Iras verser un jour des larmes sur ma tombe?
— Comment ne pas t'aimer?

REGARD EN ARRIÈRE.

Parmi les souvenirs que j'aime, il en est un
Qui répand dans mon ame un céleste parfum ;
C'est le doux souvenir de mes jeunes années,
Couronnes que le temps sur mon front a fanées,
Et que ses doigts jaloux ont fait tomber au fond
Du passé, ce Léthé dévorant et profond.

Quand je n'étais encor qu'un faible oiseau que l'âge
Retient captif autour d'un clocher de village ;
Quand les grandes cités, pour grossir leur essaim,
Ne m'avaient point encore attiré dans leur sein :
Que nul rêve d'orgueil, nulle folle espérance
Ne venaient visiter ma paisible ignorance ;
Quand je n'étais encor qu'un enfant dont la main
N'aime à jouer qu'avec les cailloux du chemin,
Et, les cheveux au vent, poursuivre, hors d'haleine,
Les papillons que juin essaime dans la plaine,
Oh ! que mes jours étaient frais et mélodieux !
Qu'ils étaient parfumés ! qu'ils étaient radieux !

A peine avais-je fait quelques pas sur la terre,
Que j'eus pour m'abriter l'ombre d'un presbytère.
L'Empereur, dont la gloire était à son zénith,
Était encor alors comme un bloc de granit ;
Il comprimait encor de sa main colossale
Le volcan qui grondait sous l'Europe vassale ;
Il n'était point encor tombé meurtri du coup
Qu'il reçut au Kremlin, le Louvre de Moscou,

Et l'on voyait encor, comme un feu d'artifice,

Chatoyer sa puissance, éphémère édifice;

L'empire n'avait point encore été trahi.

L'éclair tombait toujours de ce haut Sinaï

D'où le canon, servi par une main savante,

Dégorgeait sur les rois la mort ou l'épouvante.

Un oncle, noble cœur, s'ennuyant d'être seul,

M'emporta sous son toit, et, me servant d'aïeul,

Il se plut à bercer mon enfance bénie

Dans sa robe de prêtre; il fut le bon génie

Que Dieu mit près de moi pour veiller sur mon sort,

Pour raffermir mon aile et lui donner l'essor.

Il m'aimait comme un père, et ma main dans sa bourse

Pouvait aller puiser comme l'urne à la source.

Pour réchauffer mes pieds engourdis par l'hiver

Un pan de son manteau m'était toujours ouvert;

A toute heure il laissait dans un coin de son âtre

S'éparpiller les grains de ma gaîté folâtre.

C'était plaisir de voir combien, de temps en temps,

Son âge déjà mûr caressait mon printemps.

Il était mon appui, mon secours, ma cuirasse :

Il était l'orme, et moi la vigne qui l'embrasse.

J'étais son seul trésor, son espoir, son orgueil ;

Il m'indiquait le but, me signalait l'écueil.

Comme un jeune olivier il cultivait mon ame,

Lui versant tour à tour la louange et le blâme.

Ce fut lui dont la main défricha le terrain

De mon intelligence ; il y sema le grain,

Lui qui plus tard me mit sur l'échelon qui mène

A toutes les hauteurs de l'existence humaine ;

Lui dont la clef m'ouvrit le collége, abreuvoir

Où je trempai ma lèvre aux sources du savoir ;

Lui dont les yeux enfin et la sollicitude

Me suivaient à travers les phases de l'étude.

Oh oui ! mes jours d'alors étaient des jours sereins ;

Nul fardeau ne pesait encore sur mes reins.

La nuit ne m'envoyait que des songes paisibles,

Voltigeant sur ma couche en groupes invisibles.

En ces temps fortunés, jamais sur mes réveils

Je ne voyais planer d'inquiétans soleils.

Mon cœur était plus gai que le lis, quand son urne

S'ouvre blanche et pudique à la brise nocturne.

L'avenir ! l'avenir ! — J'oubliais d'y songer.

J'ignorais qu'il arrive un temps où l'oranger

N'a plus son pur arome, où la source tarie

Ne va plus en chantant réjouir la prairie.

J'ignorais quels dégoûts, quels labeurs et quels maux

De notre vie un jour font ployer les rameaux.

A mon pied vagabond la colline boisée

Chaque matin donnait sa plus fraîche rosée ;

Chaque matin le nid, cet orgue du buisson,

Envoyait jusqu'à moi sa plus douce chanson.

Je promenais ma vie insoucieuse, errante,

Tantôt au fond d'un pré, mosaïque odorante,

Tantôt sur le penchant d'un mont où l'églantier

S'allonge en vert ruban sur le bord du sentier,

Tantôt dans les forêts où les arbres énormes

Tordent en gémissant leurs bras longs et difformes,

Et tantôt dans les champs où, sous un ciel qui rit,

Le vent courbe les blés que le soleil mûrit.

Et quand le soir posait son pied sur la vallée,

Je rentrais au logis, et pendant la veillée

Je prêtais une oreille attentive, et mon œil

Se collait sur mon oncle assis dans son fauteuil,

Qui faisait, vieux soldat des guerres d'un autre âge,
Des récits belliqueux qui charmaient mon courage,
Des récits qui donnaient à ma couche un sommeil
Où je voyais passer la gloire, ange vermeil.
C'est ainsi que ma vie, eau chantante et limpide,
Se laissait entraîner sur sa pente rapide.

Ces bonheurs, je les ai chèrement expiés;
D'autres temps sont venus les fouler sous leurs pieds.
Ce tourbillon de feu qu'on nomme les affaires
M'a porté tout-à-coup dans ses brûlantes sphères.
Là, le fil conducteur s'échappa de ma main,
Et je fus égaré dans le dédale humain.
Mon ame fut naïve, elle eut trop confiance
Dans ces mots : Amitié, bonne foi, conscience.
Généreux, je trouvai l'égoïsme brutal
Qui porte sous le sein un cœur fait de métal.
Ma vie, hélas! Dieu sait quels démons l'ont hantée,
Quels vautours ont rongé mes flancs de Prométhée.
Lui seul il sait combien de pleurs j'ai répandus,
De quel pain j'ai vécu, par quels chemins ardus

Il m'a fallu passer, et sous quelles souffrances
J'ai vu se délier mon faisceau d'espérances.
Mon cœur n'était peuplé que d'amour et de chants,
Et pourtant je fus pris au piége des méchans.
Mais éteignons le feu qui dans mon vers s'allume,
Ne laissons point tomber le marteau sur l'enclume ;
Oublions, oublions : souffrir en étouffant
Le cri de la douleur, c'est être triomphant ;
Oublions et la coupe et ceux qui l'ont remplie,
Afin que le Seigneur lui-même un jour oublie.

Parmi les souvenirs que j'aime, il en est un
Qui répand dans mon ame un céleste parfum,
C'est le doux souvenir de mes jeunes années,
Couronnes que le temps sur mon front a fanées,
Et que ses doigts jaloux ont fait tomber au fond
Du passé, ce Léthé dévorant et profond.

À J. TRULLARD.

Si Dieu m'avait donné ce qu'il m'a refusé,
Quelque peu d'or, ma main n'en eût point abusé.
Je n'aurais point jeté, comme l'enfant prodigue,
Cet or, manne céleste, à ce fleuve sans digue,
Le monde des plaisirs, dont le rapide cours
Charrie en frémissant le repos de nos jours.
J'eusse, au sein d'une obscure et riante abondance,
Élargi l'horizon de mon indépendance,
Et, sans trop rétrécir ma sphère de désirs,
Je me fusse créé de bienheureux loisirs.

Tel qu'un pasteur qui fuit la marée écumante
Quand elle va s'asseoir sur la rive dormante,
J'aurais fui les cités, volcans dont les cratères
Vous jettent en passant leurs cendres délétères;
Lacs aux flots corrosifs, qui de leurs réservoirs
Font ruisseler en vous l'oubli de vos devoirs,
Énervent la pensée, et lui font une route
Où sa robe d'azur prend une épaisse croûte;
Fruits pourris où le vice, engendré comme un ver,
Grandit pour travailler ensuite à ciel ouvert.
J'aurais fui, j'aurais fui ce tumulte que font,
Dans les emportemens de leur orgueil profond,
Ces essaims effrénés de passions rivales
Qui courent dans l'arène, ainsi que des cavales,
Et dont les appétits, pareils à ceux des loups,
Vous couvent d'un regard sombre, avide, jaloux.

Vierge d'ambition, moi qui ne sympathise
Qu'avec l'encens des fleurs et les chants de la brise;
Moi qui me plais surtout, enfant triste et songeur,
A méditer au bord d'un ruisseau voyageur;

Moi qu'une abeille attire auprès de l'aubépine
Où, dès le point du jour, elle fait sa rapine;
Moi qui me plais à voir sous les voiles du soir
Se cacher le soleil, magnifique ostensoir,
Je me serais bâti, sur un coteau fertile,
Une maison joignant l'agréable à l'utile,
Au milieu d'un enclos dont les arbres fruitiers
Se seraient inclinés sur de jolis sentiers,
Où je serais allé, dans mes heures d'étude,
Invoquer en secret l'esprit de solitude.
Cette maison aurait fait face à l'orient,
Qu'elle aurait salué d'un regard souriant.
Devant elle un bassin plein d'oiseaux aquatiques
Eût retenti du bruit de voltiges nautiques,
Spectacle se jouant à l'ombre du coteau,
Et digne d'attirer le crayon d'un Watteau.
Plus loin, j'aurais voulu qu'un odorant parterre,
Mosaïque de fleurs, s'encadrât dans ma terre,
Et qu'à l'extrémité scintillât une tour
D'où, mon œil embrassant le pays d'alentour,
J'aurais pu contempler, comme d'un promontoire,
L'horizon rétréci de mon gai territoire,

Et savourer, avec les parfums de l'été,
Le plaisir orgueilleux de la propriété.

J'aurais eu pour voisin le curé du village,
Dont la main quelquefois aurait mis au pillage
Mes vieux livres jaunis, dont les feuillets crasseux
Attestent que mes doigts ne sont point paresseux
Et qu'à mon mur, la nuit, ma lampe suspendue
Agonise souvent sur ma veille assidue.
S'il eût été cet homme à l'austère maintien,
Mais au cœur humble et doux, vrai type du chrétien,
Qu'on rencontre souvent, loin des villes bruyantes,
Pratiquant à l'écart ses vertus attrayantes,
Je l'aurais accueilli; nous nous serions compris,
Et, tous deux explorant le monde des esprits,
Nous aurions recherché le but où Dieu nous mène,
La rive où doit toucher la destinée humaine.

Oh! que sur dix arpens de terrain seulement
J'aurais senti mes jours s'écouler mollement!

L'égoïste est heureux, lorsque seul il se vautre
Dans l'égoût de son moi; j'aurais été tout autre.
Je n'aurais point voulu que la douce amitié
Dans ma félicité ne fût point de moitié.
Que j'aurais éprouvé de joie intérieure
En regardant venir, du seuil de ma demeure,
A travers les buissons et les sentiers pierreux
Où campent mille oiseaux maraudeurs et peureux,
Quelqu'un de ces amis, gais transfuges du monde,
Sur la lèvre de qui la causerie abonde,
Qu'à peine on reconnaît, qu'on fête avec honheur,
Et qu'à sa table on met à la place d'honneur !

Mon existence ainsi jamais inoccupée
Eût été quelquefois par le plaisir coupée,
Et ma philosophie, en regardant ailleurs,
N'eût point osé prétendre à des destins meilleurs.

ADIEUX A LA SOLITUDE.

J'ai vu de près le monde, et je sais ce qu'il vaut.
Il tourne incessamment sur le même pivot;
     Son monotone prisme
Offre toujours aux yeux le même fleuve humain
Qui charrie aujourd'hui, qui charriera demain
     Le même fangeux égoïsme.

J'ai pris l'humanité sur le fait, et j'ai dit
Que nous avons le pied sur un siècle maudit,
   Que d'une large plaie
Nous sommes infectés, nous qui laissons, pervers,
Traîner, sans nous jeter devant elle en travers,
   La vertu sur la claie.

J'ai, comme Diogène, à l'aide d'un flambeau,
Exploré tous les coins de ce vaste tombeau
   Que notre langue nomme
Monde, société; j'ai regardé partout,
Et c'est à peine, hélas! si dans ce triste égout
   J'ai pu trouver un homme.

Dévouement, bonne foi, pur amour, amitié,
En voyant tout cela j'ai souri de pitié,
   Et mon vers sous ma plume
A hurlé de colère, et j'ai d'un bras nerveux
Flagellé le méchant; je l'ai par les cheveux
   Traîné sur mon enclume;

Je l'ai couché vivant sur un lit de tisons.
Pour tenailler son cœur tout gonflé de poisons,
   Je me suis fait litière
D'un langage anodin, pudibond et musqué,
Et, pour mieux le saisir, j'ai souvent bivaqué
   Dans l'eau de sa gouttière.

Eh bien! je ne veux pas déserter le combat :
Je réponds à l'appel de la charge qui bat;
   Je veux rentrer en lice.
Sous les drapeaux je veux m'enrôler de nouveau :
J'ai de la poudre encore au fond de mon cerveau;
   Que le vice pâlisse !

Que tous les Balthasars se troublent tout-à-coup
En sentant s'entr'ouvrir les veines de leur cou
   Sous mon nœud de couleuvres!
Qu'ils frémissent au bruit du vol de mon griffon
Ceux qui, d'iniquités repus, dorment au fond
   De leurs mauvaises œuvres!

Adieu donc, solitude où j'eus de doux loisirs,
Où je m'assoupissais dans de calmes plaisirs!
Adieu, colline verte
Où l'abeille pillarde aime à cueillir le thym,
Et que je vois au loin, à l'aube du matin,
De ma fenêtre ouverte!

Adieu, vous que j'aimais, adieu, rians vallons
Où l'on entend hennir les jeunes étalons!
Adieu, vastes prairies
Que découpe un cordon de saules, de sureaux,
Où les génisses font bondir les fiers taureaux
Sur des herbes fleuries!

Adieu, rochers géants, pleins de trous chassieux
Où l'aigle vient s'abattre en descendant des cieux!
Adieu, ruisseaux limpides
Qui courez follement sur le gazon natal,
Et dont le martinet effleure le cristal
De ses ailes rapides!

Un jour, belle nature, un jour sur ton duvet
Je reviendrai chercher le repos que rêvait
      Ma longue lassitude ;
Je t'offrirai les chants dont mon cœur est rempli,
Et je m'enfermerai pour toujours dans le pli
      De ta paisible étude.

Alors je n'aimerai que ton chaste entretien,
J'épancherai mon cœur tout entier dans le tien ;
      Sur tes genoux, ma mère,
Tu me balanceras, tandis que moi, des yeux
Je suivrai dans leur vol les vers harmonieux
      De Virgile et d'Homère.

A MARIE.

Les rois ont des palais dont les parquets luisans
Attirent chaque jour le pied des courtisans;
Ils ont de beaux jardins sous des toits de verdure,
Où l'art ingénieux a vaincu la nature ;
Ils ont de beaux coursiers qui brûlent le pavé,
Dont la croupe ressemble au rocher qu'a lavé

19

Le torrent incisif; ils ont des équipages,
Des valets galonnés, des chambellans, des pages;
Ils ont des bataillons qui gardent leur repos,
En faisant à leur couche un dais de leurs drapeaux;
Ils ont, pour récréer leurs regards, des musées
Où la lumière joue à travers les croisées;
Ils ont tous les trésors, ils ont tous les plaisirs
Qui nous manquent à nous et leurrent nos désirs.
Ces hommes que j'entends chanter à pleine orgie,
Qui de tant de nectar ont la lèvre rougie,
Qu'ils soient heureux!... Mon cœur n'en peut être envieux,
Puisque j'ai tout l'amour qui brille dans tes yeux.

NOVISSIMA VERBA.

J'ai tenu l'univers dans ma main ; j'ai soumis
A mon sceptre, à ma loi, mes plus fiers ennemis.
Le monde tout entier fut un cirque olympique
Où je conquis le prix d'un long poème épique.
Mon pied fut assez leste et mon bras assez long
Pour me faire monter au dernier échelon

De la gloire terrestre. Aigle éclos d'un orage,
J'ai ciselé mon nom au front d'un nouvel âge.
J'ai repétri les lois dans mon large cerveau;
A leur texte je n'ai donné qu'un seul niveau;
Et, purgé des abus, ces toiles d'araignées,
Mon Code à lui seul vaut cent batailles gagnées.
Plus que moi nul guerrier qu'on renomme ici-bas
Ne fut habile au jeu terrible des combats;
Nul ne fut plus expert que moi dans la manœuvre
Qui fait siffler la balle ainsi qu'une couleuvre,
Qui fait qu'en un clin-d'œil les bataillons carrés
Au boulet qui les troue ouvrent leurs rangs serrés.
Nul ne sut mieux que moi diriger la mitraille
Sur l'échiquier brûlant d'une grande bataille.
Interrogez les rois à qui, durant quinze ans,
Mon épée a donné des déplaisirs cuisans;
Interrogez le Nil, le Rhin, le Borysthène,
Et tous ils vous diront que jamais capitaine,
Fût-ce même Alexandre, Annibal ou César,
N'enchaîna plus que moi la victoire à son char.
Tout l'occident est plein du bruit que mon armée
A fait tambour battant et la mèche allumée.

D'âge en âge ce bruit sera répercuté
Par chacun des échos de la postérité,
Et même, avec le temps, ma figure homérique
Ne fera que grossir dans le prisme historique.

Le peuple idolâtrait mon génie, il aimait
A voir étinceler ce phare à son sommet;
Il m'avait vu sortir de ses rangs, et, mon ame
Au foyer de la sienne ayant puisé sa flamme,
Il était fier de moi comme une femme l'est
De l'enfant qu'elle seule a nourri de son lait.
Ce peuple, encor coiffé du bonnet de Phrygie,
Se débattait sanglant dans sa sublime orgie :
Alors, comme l'aimant, mon sabre l'attirant,
Dans le lit de la gloire entraîna le torrent,
Et la France reprit une noble attitude
Qui lui fit oublier sa longue lassitude.
Le lion se trouva tellement fasciné,
Qu'il ne s'aperçut point qu'il était enchaîné.
Fiévreux d'une nouvelle et chaude adolescence,
Il épancha le flot de son incandescence

A prendre des cités, des trônes, des palais,
Autant qu'un chasseur prend d'oiseaux dans ses filets.

C'était un beau spectacle à voir que tous ces hommes
Avec qui de plain-pied j'entrais dans les royaumes !
Les peuples admiraient nos merveilleux travaux,
Et tous, quoique vaincus, nous jetaient leurs bravos.
Au retour, une foule enivrée et compacte
Se ruait sur nos pas, demandant un autre acte ;
Il fallait tourner bride, alors, et cheminer
Où nous avions laissé quelque trône à glaner ;
Et ce rude métier, ce glorieux pillage,
N'était qu'un jeu pour nous et qu'un enfantillage ;
Rien ne pouvait dompter, partout où nous allions,
L'élan que mon regard donnait aux bataillons.
Mes braves me tenaient pour le dieu de la guerre :
Ils croyaient que ma main gouvernait le tonnerre ;
Ma redingote grise et mon petit chapeau
Seuls chassaient l'ennemi comme un lâche troupeau.

Et puis, après ces jours de fêtes militaires,
Le Vésuve ferma tout-à-coup ses cratères.
Mon empire, étoilé comme le firmament,
S'affaissa sous mes pieds, et son écroulement
Me jeta sur ce pic solitaire, homicide,
Où je bois à longs traits l'exil, ce vin acide.
Des hommes que j'avais enrichis d'un blason
Firent un pacte infâme avec la trahison :
Ils osèrent, Sinons, faire éclater leur joie
Après qu'ils eurent fait entrer les Grecs dans Troie;
Et moi, dont le destin eut un côté si beau,
Voilà que je descends vivant dans le tombeau.
Ne pouvant autrement harponner la baleine,
Sur elle ils ont roulé le roc de Sainte-Hélène.
Faut-il donc que, perdu dans le vaste Océan,
Je termine mes jours comme un roi fainéant?
Si le temps ne m'eût point manqué, que de merveilles
J'eusse encor fait sortir du moule de mes veilles!
Oh! que d'événemens éclatans, inouis,
Dans les plis de mon front sont restés enfouis!
Pour aller ressaisir ma couronne perdue,
Mon arc dont j'ai brisé la corde trop tendue,

Le monde enfin dont j'ai voulu faire le tour,

Qui donc me donnera les ailes du vautour?

En quittant le rivage enchanté de la France,

Hélas! j'y laissai tout, tout... jusqu'à l'espérance.

Quand j'attache un regard triste, mais résigné,

Sur cette terre où j'ai si peu de temps régné,

Si je voyais sortir de la rive natale

Un brick français cinglant vers cette île fatale,

Si je voyais au vent flotter son pavillon

Et sa proue avancer en creusant son sillon,

Dieu! comme j'oublierais vite ma coupe amère!...

Mais que sert d'embrasser une folle chimère!...

Rien n'apparaît au loin, tout est silencieux :

Les îles, l'Océan, les continens, les cieux.

Mes fers sont bien rivés... Déloyale Angleterre,

Toi dont le bras a pu frapper un homme à terre,

Ne crains rien, ne crains rien, le drame est à sa fin.

Comme Ugolin, je meurs dans la tour de la faim ;

Six ans sur ce rocher ! c'est assez de torture...

Ce Calvaire a tué ma puissante nature.

Triomphe! je te lègue un éternel remord,

Je te lègue en mourant l'opprobre de ma mort.

Encore un jour... que dis-je ? une heure, une minute,
Et j'aurai succombé dans ma dernière lutte.
J'entends déjà, j'entends l'orgue plaintif des flots
Qui me chante là-bas son hymne de sanglots.
O mon fils ! doux trésor qu'espérait ma vieillesse,
Mon nom ! voilà donc tout, tout ce que je te laisse !
Que ce nom soit toujours cher à ton souvenir :
L'univers sera là pour t'en entretenir.
Je meurs ! — Qui vengera Napoléon ? — L'histoire,
Qui doit à ses malheurs un deuil expiatoire ;
Qui doit une implacable insomnie aux bourreaux
Dont la main s'accoutume à tuer les héros *.

---

* Le spectre de Jeanne d'Arc et celui de Napoléon se dresseront éternelle-
ment contre l'Angleterre, pour lui reprocher deux iniquités.

A L. GAUTRELET.

Italiam ! Italiam !

Que de fois j'ai voulu, plein d'ardeur artistique,
Le cerveau tout fiévreux d'un rêve poétique,
Me tailler un bâton pour aller parcourir
Quelque pays déchu de sa splendeur antique,
Y vivre de longs jours, et peut-être y mourir !

Ne pouvoir voyager, pour moi fut un veuvage;
J'aurais voulu, courant de rivage en rivage,
          Me frayer de nouveaux chemins,
Comme l'aigle, aborder quelque rocher sauvage,
          Vierge encore de pas humains.

Il m'aurait été doux d'explorer les ruines
Des villes d'autrefois, qui, du fond des ravines,
          Se lamentent sur leur passé;
D'errer dans leur enceinte immense, où les racines
          Ont de siècle en siècle poussé.

Surtout j'aurais voulu, frileux enfant de France,
Voir l'Arno qui sourit au ciel bleu de Florence;
          Voir Venise, et suivre des yeux,
Sur ses flots pleins de chants d'amour et d'espérance,
          Ses gondoliers insoucieux.

Moi qui vis de regrets et de mélancolie,
Pauvre nef que le vent de la fortune oublie,
          Que j'aurais bien sympathisé
Avec l'adversité, le deuil de l'Italie,
          Veuve dont le cœur est brisé ;

Qui, n'ayant plus Vénus, embrasse la Madone ;
Qui, pour se consoler, se livre, s'abandonne
          Aux caresses de tous les arts,
Et veut des cardinaux, des papes, qu'on lui donne
          En échange de ses césars ;

Qui distille une langue amoureuse et perlée
Qu'autrefois les héros et les dieux ont parlée,
          Et qui semble venir du ciel,
Tant cette coupe d'or que Dante a ciselée
          Contient d'ambroisie et de miel !

Je me serais hâté vers les débris de Rome,

Dont chaque pierre sue un poétique arome,

    Et là, sur ce linceul poudreux,

J'aurais vu ce que Dieu fait des travaux de l'homme,

    En fronçant le sourcil sur eux.

J'aurais interrogé toutes les grandes ombres

Dont la ville éternelle a peuplé ses décombres,

    Brutus, César et Cicéron;

Marius et Sylla, deux noms sanglans et sombres;

    Octave, Tibère et Néron.

Parmi ces morts fameux on m'aurait vu descendre :

J'aurais touché leurs os, j'aurais pesé leur cendre,

    Et, d'après son poids, j'aurais su

Quel compte au tribunal suprême ils ont dû rendre

    Du pouvoir qu'ils avaient reçu.

Quand son pied touche un sol qui fut témoin d'un drame,
Oh! combien le penseur doit sentir dans son ame
      D'enthousiaste émotion!
Il touche aux temps anciens par les ailes de flamme
      De son imagination.

Il croit avoir franchi la barrière des âges,
Avoir du livre humain effacé plusieurs pages;
      Il croit vivre en société
Avec des conquérans renommés et des sages,
      Monde qu'il a ressuscité.

Il se penche, il leur parle, et ceux-ci lui répondent;
Ils lui disent comment les empires se fondent,
      Comment la mort sous son niveau
Les fait passer, comment leurs cendres se fécondent,
      Vivent et meurent de nouveau.

Et puis j'aurais voulu saluer Parthénope,
Parthénope qui dort aux confins de l'Europe,
  Au bord de son lac enchanteur ;
Du Vésuve, qu'un flot de fumée enveloppe,
  J'aurais mesuré la hauteur.

J'aurais, sur le tombeau du barde d'Ausonie,
J'aurais prêté l'oreille à la molle harmonie,
  Écho du vieux monde latin,
Qui se marie au bruit des vagues d'Ionie
  Sur le rivage tarentin.

J'aurais gravi l'Etna, dont la flamme scintille
Comme une étoile d'or au front de la Sicile ;
  J'aurais vu son gouffre béant,
Et j'aurais, au retour, posé le pied sur l'île
  Qui fut le berceau d'un géant.

Alors, baisant le sol de ma France adorée,
J'aurais dit qu'il n'est pas de plus douce contrée
Que celle où l'on reçut le jour,
Et j'aurais retrouvé sur sa rive sacrée
Tout mon bonheur, tout mon amour.

Que de fois j'ai voulu, plein d'ardeur artistique,
Le cerveau tout fiévreux d'un rêve poétique,
Me tailler un bâton pour aller parcourir
Quelque pays déchu de sa splendeur antique,
Y vivre de longs jours, et peut-être y mourir!

A MON AME.

Sortons de la ville enfumée;
Quittons cette étroite prison
Où l'existence est renfermée,
Où les yeux n'ont pas d'horizon.
Loin de Paris, roc que la foule
Escalade comme une houle,
Où l'homme en tous sens cahoté
Est un roi couronné d'épine,
Allons respirer l'aubépine
Et l'air pur de la liberté.

A MON AME.

Écoute au loin la voix du pâtre
Qui nous appelle sur les monts,
Sur les monts où le vent folâtre
Avec les fleurs que nous aimons.
Écoute, écoute le feuillage
Qui prend son plus divin langage
Pour nous dire qu'il nous attend;
Écoute la voix des fontaines
Et celle des brises lointaines
Qui nous attirent en chantant.

Fuyons dans les bois où bourdonne
L'essaim des oiseaux amoureux;
Où l'on entend, comme à Dodone,
Parler les troncs des arbres creux.
Gravissons la colline blanche
Qui s'enfonce jusqu'à la hanche
Dans les vapeurs du frais matin,
D'où l'alouette au ciel s'élance,
Tandis que l'abeille balance
La tige odorante du thym.

Vois ces nuages gigantesques
Dont l'orage habite les flancs,
Dont les dos bizarres, grotesques,
Sont couverts de manteaux sanglans ;
Ils s'éloignent, ils se rapprochent,
Ils s'entrelacent, ils s'accrochent,
Semblables à de grands vaisseaux,
Quand, près de quelque promontoire,
Ils se disputent la victoire
Dans de formidables assauts.

Viens t'asseoir sur la croupe nue
Des rochers aux flancs lézardés
Qui portent jusque dans la nue
Leurs fronts que les ans ont ridés.
C'est là que la pensée humaine
Agrandit encore son domaine,
Et, de cette échelle de feu,
Elle écoute les harmonies
Qui, des régions infinies,
Tombent de la lèvre de Dieu.

C'est au fond de la solitude
Que l'ame brise ses liens,
Qu'avec la muse de l'étude
Elle a de tendres entretiens.
Un bois, un lac, une prairie
Sont les lieux que cette Égérie
Choisit pour causer avec nous ;
C'est dans le mystère qu'elle aime
A nous épeler un poème,
En nous berçant sur ses genoux.

Viens tremper ta lèvre, ô mon ame !
A la source des clairs ruisseaux,
Et de tes deux ailes de flamme
Frôler les jeunes arbrisseaux ;
Viens t'abreuver de la rosée
Que dans sa corolle irisée
Recueille et boit la fleur des champs ;
Viens avec les essaims d'abeilles
Saluer les aubes vermeilles,
Saluer les soleils couchans.

Assez longtemps, ame craintive,
Assez longtemps dans ses filets
Le monde te retint captive,
Pauvre fleur qui t'étiolais.
Juillet sur la terre embaumée
Déroule sa robe enflammée;
Plus d'entraves, plus de réseau :
Pour demander à la nature
Ce qu'elle te doit de pâture,
Vole, vole comme l'oiseau.

FIN.

ERRATA.

Page 63, vers 7, *au lieu de :* ...siéle de lutte..., *lisez :* ...siècle de lutte...

Page 65, vers 5, *au lieu de :* Exilé dans une chambre..., *lisez :* Exilé dans ma chambre...

Page 96, vers 3 (dans quelques exemplaires seulement), *au lieu de :* ...encore faire..., *lisez :* ...encor faire...

Page 101, vers 16, *au lieu de :* ...Dieu n'en resta pas là, *lisez :* ...Dieu n'en restait pas là.

Page 109, vers 6 (dans quelques exemplaires seulement), *au lieu de :* ...qu'il effleure, *lisez :* ...qu'elle effleure.

Page 149, vers 5, *au lieu de :* Où l'indigation..., *lisez :* Où l'indignation...

Page 205, vers 20, *au lieu de :* ...Q'on décore..., *lisez :* ...Qu'on décore...

Page 250, vers 13, *au lieu de :* L'incertiude..., *lisez :* L'incertitude...

TABLE.

TABLE.

FIN DE LA TABLE.